Carsten Piper
Mord an der Müritz

Vom Autor bisher bei KBV erschienen:

Tod an der Trave

Carsten Piper wurde 1964 in Meldorf an der Westküste Schleswig-Holsteins geboren. Er studierte Kulturpädagogik in Hildesheim und lebt heute in Ludwigsburg. »Mord an der Müritz« ist sein erster Roman der Hans-Conrad-Krimireihe, dem »Tod an der Trave« folgte.

Carsten Piper

Mord an der Müritz

Ein Hans-Conrad-Krimi

1. Auflage 2002

2. Auflage 2006

3. Auflage 2011

4. Auflage 2014

5. Auflage 2016

6. Auflage 2018

7. Auflage 2021

8. Auflage 2024

© KBV Verlags- und Mediengesellschaft mbH, Hillesheim
www.kbv-verlag.de
E-Mail: info@kbv-verlag.de
Telefon: 0 65 93 - 998 96-0
Umschlaggestaltung: Ralf Kramp
unter Verwendung von © Phil Stev - www.fotolia.de
Lektorat: Volker Maria Neumann, Köln
Druck: Druckhaus Nord GmbH, Bremen
Printed in Germany
ISBN 978-3-934638-92-1 (Taschenbuch)
ISBN 978-3-95441-250-1 (E-Book)

1. Kapitel

Es war ein schöner Spätsommermorgen, aber es war klar, dass etwas nicht stimmte. Hans Conrad, seit gestern Urlauber, sonst Kripo Berlin, ging sofort, wenn auch etwas wankend, von seinem Wohnmobil zur Toilettenbaracke des Campingplatzes. Zum einen weil es ihn drängte, zum anderen wegen der kleinen Menschentraube im Eingang, die aufgrund ihrer Starre in gewisser Weise typisch aussah. Der Tote – dass er tot war, wusste Conrad schon, bevor er sich ganz durchgedrängt hatte – sah recht ordentlich aus, aber es war eindeutig Mord. Würgemale, mäßig ausgeprägt, sonst auf den ersten Blick nichts Besonderes, die grünlichen Augen schauten leer, das Gesicht war nur leicht verzerrt. Kein Blut, keine abgebrochenen Fingernägel, keine Haarbüschel. Er lag auf den Fliesen der Männerduschen, nackt, ein bisschen verdreht vielleicht, aber nicht sehr.

»Bitte nichts anfassen«, murmelte Conrad mechanisch, »Polizei.« Das Grüppchen in Shorts und Latschen stand fröstelnd, stumm und unbewegt da – Männer, Frauen und Kinder – und sah zu, wie Conrad – ebenfalls in Shorts und überdies ein wenig peinlich berührt

– auf die Toilettenkabinen zusteuerte und in einer von ihnen verschwand.

Es dauerte fast fünfzehn Minuten, bis eine Streife eintraf. Ein junger Beamter und eine noch jüngere Kollegin, wie Conrad mit einem Blick aus seinem Wagen feststellte. Er hatte selbst zur Campingplatz-Verwaltung gehen müssen, da keiner der Umstehenden sich gerührt hatte.

»Passen Sie bitte auf, dass niemand etwas anfasst«, hatte er zu einem von ihnen gesagt, und der Kerl, ganz der Typ eines Aufpassers, hatte sogleich Haltung angenommen. »Sie sind hier jetzt für eine gewisse Zeit verantwortlich!«

Vom Telefon des kleinen Verwaltungsbüros des Campingplatzes aus hatte er, wiederum persönlich, die Polizei verständigt, da der freundliche Rentner, der laut Beschriftung seines Käppis als *Info-Berater* fungierte, mit der Nachricht, ein Ermordeter liege in der Herrendusche, nichts anzufangen gewusst hatte. Danach war Conrad zurück in sein Wohnmobil gegangen, um sich etwas passender anzuziehen und vor allem, um Kaffee zu kochen und irgendwie seine Kopfschmerzen loszuwerden. Sollte doch dieser Aufpasser-Typ die Leiche noch ein bisschen länger bewachen, sicherlich würde er es genießen. Es war noch früh, nicht mal sieben Uhr, strahlendes Wetter, aber kalt. Der See lag riesig und schön in vollem Licht. Boote schaukelten, Möwen segelten – mit stieren Augen sah Conrad das Idyll und war auf griesgrämige Weise froh, dass ihn die ziemlich verschmierte Kunststoff-Scheibe seiner primitiven Camping-Küche davon trennte.

Die beiden Uniformierten ließen sich von dem Alten aus der Verwaltung zur Duschbaracke führen und gingen durch die sich plötzlich widerstandslos öffnende, obgleich inzwischen stark angewachsene Menschenansammlung hinein. Conrad saß da, blickte auf den See und fühlte sich einigermaßen als Privatmann. Der Kaffee war nicht besonders gut geraten, aber er war heiß, und das brauchte Conrad jetzt. Er fröstelte nämlich auch von innen, aus dem Bauch. Ihm war nicht sehr wohl, er musste gestern Abend wohl ein bisschen getrunken haben. Aber da war noch etwas, das sich langsam in seinem Körper ausbreitete: es war sein Berufskribbeln. Bei Mord hatte er es immer. Es nützte nicht viel, sich zu sagen, dass er mit diesem Fall nichts zu tun habe, dass er nur ein gewöhnlicher Camper sei. Das Kribbeln war da. Conrad stand auf. Als er mit einiger Mühe bis zu den Duschen durchgekommen war, straffte der Aufpasser seinen Körper und schnarrte: »Alles unverändert! Na ja, bis auf …«

Nichts war unverändert. Conrad musste grinsen. Die beiden von der Verkehrspolizei hatten wohl versucht, die Leiche wiederzubeleben. Offenbar wollten sie noch immer nicht recht glauben, dass der Mann tot war, denn sie hatten ihn zuletzt in die stabile Seitenlage gebracht, wie man es bei Erste-Hilfe-Kursen lernt. Er war also noch biegsam, konstatierte Conrad. Jetzt nahm der Beamte gerade Personalien auf, wahllos, wie es schien, während die Kollegin noch immer irgendwie am Toten herummachte. Sie wirkten völlig konfus und überfordert.

»Guten Tag. Ich bin Kommissar Hans Conrad, Berliner Mordkommission. Ich habe vorhin Ihre Einsatz-Zentrale benachrichtigt«, sagte Conrad ziemlich laut zu der Polizistin, und fügte hinzu: »Sie sollten diesen Mann jetzt nicht mehr berühren. Er ist schon lange tot.«

In den Augen der jungen Frau stand pure Verwirrung.

»Wenn ich kann, möchte ich Ihnen gern behilflich sein«, fügte er hinzu. Auch der Polizist war jetzt aufmerksam geworden, in seinem Gesicht zeichnete sich Erleichterung ab, doch auch er sagte nichts.

»Ich denke, Sie brauchen einen Kriminalbeamten Ihres Reviers, einen Fotografen, einen Arzt, die Spurensicherung und natürlich einen Wagen für den Transport. Am besten, Sie geben das mal durch.«

Es erfolgte keinerlei Reaktion.

»Mit dem Funkgerät.«

Keine Reaktion.

»In Ihrem Streifenwagen.«

»Ja, selbstverständlich, wird erledigt«, antwortete der Polizist schließlich, immer noch ein bisschen wie in Trance, blieb aber stehen und fragte dann: »Noch einen Kommissar?«

Conrad nickte. »Ich bin nicht berechtigt, hier zu ermitteln.«

»Aber wozu sind Sie dann überhaupt …«

»Zum Campen«, antwortete Conrad und bemühte sich, nicht schon wieder zu grinsen, »zum Campen, zum Schwimmen und zum Faulenzen.«

Was nun geschehen würde, war Folgendes: Einige Wagen würden vorfahren, die Baracke würde abgesperrt und gründlich unter die Lupe genommen werden. Der Arzt würde den Tod feststellen, die Leiche würde von allen Seiten fotografiert und schließlich zur

Obduktion abtransportiert werden. Die Personalien sämtlicher Personen, die sich auf dem Campingplatz befanden, würden erfasst werden. Die Person, welche die Leiche entdeckt hatte, würde ermittelt und eingehend befragt werden. Im Gegensatz zu den anderen Campern war Conrad an derlei mehr als gewöhnt. Da er im Augenblick nicht gebraucht wurde, ging er zurück in seinen Wagen, um sich noch etwas auszuruhen.

2. Kapitel

S ie sind was?«, brüllte es aus dem Hörer.

»In mein Wohnmobil, ja. Kaffee …«, antwortete Conrad.

»Das ist ja wohl das Beknackteste, was Sie sich jemals geleistet haben, Conrad! Da liegt eine Leiche, Tötungsdelikt, jede Menge Spinner stehen drumherum und Sie gehen Kaffee trinken? Habe ich das richtig mitbekommen?«

Der Chef war sauer, kein Zweifel. Das war nicht weiter verwunderlich, der Chef war eigentlich immer sauer wegen irgendetwas. Was Conrad nicht verstand, war, dass in Berlin offenbar schon alles Mögliche über den Vorfall bekannt war, obwohl diese Sache die Berliner Kripo gar nichts anging. Und wieso wusste der Chef überhaupt, dass Conrad hier war?

»Herr Hauptkommissar Hauptmann«, sagte Conrad, und er wusste, dass diese Anrede seinen Chef noch mehr auf die Palme bringen würde, »ich befinde mich wahrscheinlich in Mecklenburg-Vorpommern, einem Bundesland mit eigener Landespolizei, und überdies im Urlaub. Ich habe die örtliche Polizei benachrichtigt und …«

»Was soll das denn nun wieder, Sie sind ›wahrscheinlich‹ in Mecklenburg! Geht's Ihnen nicht gut? Und hören Sie mit diesem Formalquatsch auf, Conrad! Wie stehen wir denn nun da! Ein ausgewiesener Profi der Berliner Kripo macht es sich seelenruhig in seinem bescheuerten Wohndings bequem, während so ein paar Grünschnäbel den kompletten Tatort versauen und dann auch noch an dem Toten rumfingern. Glauben Sie vielleicht, das gibt eine gute Presse?«

Nein, das glaubte Conrad nicht. Die Presse war nämlich schon da. Alle Camper, die sich wichtig machen wollten, konnten das ausgiebig tun, die Zeitungs- und Radiofritzen hielten jedem ihre Mikrophone vors Gesicht und hatten offensichtlich ihren Spaß daran. Sie feixten, sie hatten eine Story. Der Typ, den Conrad zum Aufpasser bestimmt hatte, als er vorhin zum Telefon gegangen war, erzählte seine Geschichte gerade einem Fernsehteam. Sein ganzer Körper, obgleich klein, schien zu schreien: Seht her, ich bin jemand. Nein, die Presse würde bestimmt nicht besonders gut werden. Über die beiden »Grünschnäbel«, wie Hauptmann sich ausgedrückt hatte, würde ganz Deutschland lachen. Und er, Conrad, musste sich von diesem Wicht dort drüben anschwärzen lassen und alle Welt würde ihn hassen. Zynischer Wessi-Bulle lässt unerfahrene Ossi-Bullen ins Messer laufen, so in der Richtung.

»Also jetzt mal langsam. Ich konnte ja nun wirklich nicht ahnen, dass diese Streifenbeamten so einen Bockmist bauen würden«, verteidigte er sich und schämte sich innerlich dafür, weil er auf diese Weise nun ebenfalls auf den beiden herumhackte. »Außerdem«, fuhr er fort, »hatte ich einen Mann als Aufpasser am Tatort gelassen. Der hat versagt, keine Frage, aber erst, als die Streife eintraf. Bis dahin hat der seinen Job klasse gemacht, da bin ich ganz sicher.«

»Was soll das, wieso erzählen Sie mir jetzt so was?«, bellte es zurück.

»Weil alles gar nicht so schlimm ist. Die Leiche ist ein bisschen verrutscht und hat ein paar Fingerabdrücke von zwei Polizisten abgekriegt. Sonst hat sie niemand angefasst, dafür war eben dieser Aufpasser da. Also sollten die Ermittlungen nicht allzu sehr erschwert worden sein.«

»Wie schlimm die Sache ist, können Sie unsensibler Trampel überhaupt nicht begreifen.« Hauptmanns Pulver war verschossen, aber er schien Spaß an seiner Rage zu haben und verlegte sich deshalb darauf, Conrad zu beleidigen.

»Sie haben politischen Schaden angerichtet, Mann, politischen Schaden, und dann kommen Sie mir mit Fingerabdrücken. Sie werden immer ein verdammter Straßenbulle bleiben, das schwöre ich Ihnen. Was die Ermittlungen angeht, so liegt uns eine Bitte um Amtshilfe vor. Nicht, dass die Kollegen dort besonders scharf auf Sie wären. Was für ein Trottel Sie sind, hat sich bei denen nämlich schon herumgesprochen, was nicht zuletzt meinem persönlichen Engagement zu verdanken ist. Aber Sie waren nun einmal früher am Tatort, deshalb legt man Wert darauf sicherzustellen, dass Sie noch einige Zeit an diesem albernen See verbringen.«

Aha. Das war es also. Die Kripo von hier hatte sich bereits in Berlin seine Mitarbeit gesichert, während er unschuldig noch ein Weilchen geschlafen hatte. Die waren auf Zack, wie es schien.

»Als Zeuge, sozusagen?« Conrad lachte leise in sich hinein.

»Sozusagen. Versuchen Sie, sich ein bisschen nützlich zu machen, falls Sie dazu geistig in der Lage sein sollten. Schließlich haben die was bei Ihnen gut.«

»Ich werde sehen, wie viel Zeit meine sportlichen Aktivitäten mir lassen, um mich ein wenig umzusehen, Herr Hauptkommissar Hauptmann«, hüstelte Conrad belustigt.

»Tun Sie das! Und hören Sie sofort auf zu lachen! Ich erwarte in spätestens drei Tagen von Ihnen einen detaillierten Überblick über den Fall, schriftlich, und außerdem rufen Sie mich dann an. Das wär's, Conrad.«

Ein Klicken, Hauptmann hatte aufgelegt.

Conrad gähnte. Einen Überblick. So was hätte er jetzt auch gern. Er sah auf die Uhr des Verwaltungsbüros, es war halb zehn. Um zwanzig nach neun hatte ihn der Rentner aus dem Schlaf geklopft, weil ein Anruf aus Berlin für ihn da sei. Er hatte immer noch viel zu wenig geschlafen, jedenfalls fühlte er sich so. Also konzentrierte er sich fürs Erste lediglich darauf, unbelästigt von dem Büro bis zu seinem Wohnmobil zu kommen. Glücklich angekommen, warf er durch die Fenster noch einen Blick nach draußen. Es wimmelte nur so von Leuten von der Presse, der Polizei und von sonstigen Wichtigtuern. Er konnte von seiner Position aus fast jeden Punkt des Areals sehen. Die Zelte und Wohnwagen, die grauen Baracken für Herren und Damen, den schäbigen Verwaltungsbau direkt an der Zufahrt, den

Kiosk daneben, die Anlege- und Badestege, die Boote mit den dazugehörigen Schuppen, den kleinen Strand, den See. Begrenzt wurde der Campingplatz nur vom See und von Wald. Viele Fichten, Kiefern und auch Birken, wegen des Sandbodens. Schön, das. Conrad legte sich wieder schlafen.

3. Kapitel

Es kam ihm so vor, als hätte er nur gerade die Augen geschlossen, da wurde laut an die Scheibe geklopft.

»He, Herr Conrad, sind Sie da drin?«, rief jemand.

Während er sich aufrichtete, nahm Conrad undeutlich verschiedene Flaschen auf dem Tisch wahr, die meisten leer. Er rief zurück: »Ja, was ist denn?«

»Kriminalpolizei. Ich bin Kommissar Bode und würde gern mit Ihnen sprechen.«

»Kann man hier eigentlich niemals richtig schlafen? Na was soll's, kommen Sie rein.«

Bode war groß, mindestens 1,90, sehr gut aussehend und wirkte ziemlich jung für einen Kommissar, fand Conrad.

»Sie haben es aber gemütlich hier«, sagte Bode, »darf ich?« Er setzte sich auf eine der eingebauten Sitzbänke, wobei er vorsichtig einen Stapel Kleider zur Seite schob. Dabei begutachtete er diskret Conrads mitgebrachte Bücher, die auf einer zusammengeknüllten Reisetasche am Boden lagen.

»Tja, finden Sie? Mir gefällt's auch, also so zur Abwechslung«, sagte Conrad unsicher umherschauend.

»Ich mache so etwas zum ersten Mal, also mit einem Wohnmobil und ganz allein. Sonst mieten wir immer Ferienhäuser in Schweden oder Frankreich. Ich habe sozusagen Urlaub von der Familie und weiß gar nicht mehr richtig, wie man das macht. Möchten Sie Kaffee? Ich kann aber für nichts garantieren.«

»Oh ja, sehr gern«, antwortete Bode. »Sie haben Kinder?« Einen kurzen Moment überlegte Conrad, ob er über derlei Privatangelegenheiten reden wolle, fand dann aber nichts dabei.

»Ja, zwei Mädchen und einen Jungen. Und Sie?«

»Nein, keine Kinder. Nicht einmal eine Freundin im Augenblick«, antwortete Bode, »bei mir sieht's immer so aus, wie jetzt bei Ihnen.« Er beschrieb mit der Hand vage einen Bogen, der wohl das gesamte Innere des Wohnmobils bezeichnen sollte. Conrad war bisher noch gar nicht richtig klar geworden, wie unordentlich es bei ihm aussah. Er hatte gestern Nachmittag – einem Sonntag – in Berlin alles, was er für brauchbar gehalten hatte, relativ wohlsortiert in das erst am Freitag gebraucht gekaufte und angemeldete Gefährt geladen, hatte Jule und den Kindern von der Straße aus noch einmal zugewunken und war gut gelaunt zu seinem ersten Egotrip seit vielen Jahren gestartet. Gleich nach den ersten Kilometern außerhalb der Stadt, als er auf der B 96 über Oranienburg Richtung Neustrelitz zuckelte, hatten sie ihm gefehlt. Im Radio lief *The Air That I Breathe* von den Hollies, ein Klassiker, und von einer zärtlichen Anwandlung erfasst, hatte er schon ans Umkehren gedacht. Dann schob der Radiomensch Robbie Williams ein, Conrad schaltete ab und fuhr ernüchtert weiter. In Gransee runter von der Bundesstraße, kurzer Aufenthalt in Rheinsberg, Schloss, Prinz Heinrich, Tucholsky. Conrad war schon hier gewesen. Weiter ins immer unübersichtlicher werdende Seengebiet, schließlich nur noch winzige Straßen, einmal kreuzte noch eine größere, aber da hatte er längst jede Orientierung verloren. Im Auto war keine Karte und Conrad wollte auch keine, die Sache hatte angefangen, richtig Spaß zu machen. Irgendwann war er bei einem der unzähligen Schilder, die auf Campingplätze hinwiesen, in einen Waldweg eingebogen und auf den Platz gerumpelt, auf dem er jetzt war. Der See vor ihm war groß, vielleicht ein Teil der Müritz. Dann war es langsam dunkel geworden und nach einem kurzen Spaziergang am Seeufer entlang hatte Conrad sich im wundersamerweise am späten Sonntagabend geöffneten Kiosk mit Zeitschriften, Fastfood, mäßigem Wein und gutem Bier versorgt. Im weiteren Verlauf des Abends, den er aufs Angenehmste mit sehr wenig Fontane und dem *Kicker* verbracht hatte, musste er wohl gelegentlich etwas aus dem Gepäck gesucht und dieses schließlich nur oberflächlich verstaut haben – genau genommen lagen schlicht alle Sachen kreuz und quer herum. Kleidungsstücke bildeten große Knäuel, uralte Zeitungen, die Conrad extra mitgenommen hatte, weil er in ihnen irgendwann irgendetwas Interessantes nachlesen wollte – er wusste nur nicht mehr, was – bedeckten den Boden. Ebenso allerlei Küchenutensilien. Und dann überall die leeren Bierflaschen.

»Ich habe keinen Besuch erwartet. Hier ist Ihr Kaffee«, sagte er und fand sich souverän. Bode nahm den Kaffee, lehnte zu Conrads Befriedigung Milch ab, rührte reichlich Zucker hinein und nippte vorsichtig daran.

»Wow! Das ist ein Kaffee!«

Zuerst glaubte Conrad, sein Besucher habe dies sicher aus Höflichkeit gesagt, aber als er selbst von seinem Gebräu trank, schien es ihm doch, als habe er es ausnahmsweise einmal so hingekriegt, wie es sich nach seinem Geschmack gehörte: stark, rabenschwarz, etwas bitter, ziemlich ölig, sehr heiß, sehr süß. Kein Hausfrauencappuccino eben.

»Ganz schön was los da draußen.« Bode kam langsam zur Sache. »Wie's aussieht, könnte ich vielleicht Ihre Hilfe benötigen.«

»Inwieweit? Ich meine, nur eine Aussage oder …«

»Das kommt darauf an. Wenn der Fall einfach zu klären ist, reicht sicherlich schon eine Aussage. Wenn nicht, können Sie uns möglicherweise auch anderweitig helfen. Und wenn es sich nur darum handelt, die anderen Camper im Auge zu behalten. Prinzipiell ist hier ja jeder verdächtig, mit Verlaub, Sie eingeschlossen.«

»Verstehe, natürlich«, antwortete Conrad, »leider bin ich ja erst seit gestern hier, habe also noch nicht viel gesehen, was für Sie von Interesse sein könnte – das heute früh mal ausgenommen. Ich nehme an, Sie haben vorhin meinen Vorgesetzten angerufen?«

Bode nickte. »Ja, ich wollte Sie nicht stören. Ich habe geklopft, aber Sie müssen wohl tief geschlafen haben. Da habe ich also erst mal Ihre Dienststelle kontaktiert und darum gebeten, Sie ein paar Tage hierbehalten zu dürfen. Ihr Vorgesetzter war so freundlich, mir Ihre

Hilfe zuzusichern. Ich hoffe, es macht Ihnen nicht zu viele Unannehmlichkeiten …«

»Nein, gar nicht«, beeilte Conrad sich zu antworten, »ich wollte sowieso nicht so schnell weiterfahren, hatte mir eigentlich noch gar keine Gedanken gemacht darüber.«

Im Stillen versuchte er dahinterzukommen, wie Bode seine Dienststelle herausgefunden hatte. Ja, den zweien von der Streife hatte er Namen, Rang und Kommissariat genannt. Aber dass die in ihrem konfusen Zustand sich das gemerkt haben sollten … Nun, vielleicht hatte einer der Umstehenden geholfen.

»Tja, ich schätze, Sie möchten wissen, warum ich mich Ihres Mordfalles so stiefmütterlich angenommen habe, heute früh. Die Antwort ist ganz einfach: Mir war ein wenig übel. Eigentlich ist mir immer noch übel.«

»Das tut mir leid, Herr Conrad. Ich denke aber, einen Arzt werden Sie nicht benötigen, oder?« Kein Zweifel, Bode amüsierte sich über ihn.

»Nein, nur ein bisschen Schlaf. Aber da scheine ich heute wenig Glück zu haben«, antwortete Conrad etwas säuerlich.

»Übrigens: Sie haben sich nichts vorzuwerfen wegen der beiden Beamten von der Streife«, sagte Bode versöhnlich, »die hätten es wirklich besser wissen müssen. Sehr gravierend ist der Schaden polizeilich betrachtet ja auch gar nicht, schließlich können wir die Fingerabdrücke der beiden leicht aussondern. Und wie die Leiche zuvor dagelegen hat, konnten uns insgesamt sieben Augenzeugen im Großen und Ganzen übereinstimmend beschreiben. Und natürlich Sie. Sie können sich denken, dass Ihre professionell geschulten Beobachtungen für mich die interessantesten sind. Was für einen Eindruck hatten Sie?«

Conrad zog die Stirn in Falten und dachte nach. Bode war ihm nicht unsympathisch, dennoch lag es in der Natur der Sache, dass beide einander ein wenig belauerten. Jeder wollte vom anderen erfahren, was der wusste, hingegen ging man mit den eigenen Informationen geizig um – ein typisches Verhalten unter Polizisten, die gewohnt sind, Fälle eigenständig zu bearbeiten. Conrad hätte gern gewusst, wer der Tote war und was Bodes Leute bereits über ihn herausgefunden hatten.

Um Zeit zu gewinnen sagte er schließlich: »Sie wissen ja, dass ich leider nicht der Erste war, der heute früh in die Männertoilette ging. Ich nehme an, Sie haben die Person, die den Toten gefunden hat, inzwischen ermitteln können?« Bode nickte nur, ließ sich aber nicht das Wort aufdrängen.

»Wenn der Tote ein Camper war, war die Identifizierung ja nicht so problematisch, hoffe ich …« Es war aussichtslos, Bode sagte keinen Ton.

»Nun, dann muss ich eben selbst ermitteln. Also: Wer hat die Leiche gefunden?«, fuhr Conrad fort und fiel dabei in eine dozierende Tonart. »Wenn ich mich recht erinnere, waren sieben Personen bereits vor mir dort. Setzen wir voraus, dass sich keine weitere Person wieder entfernt hatte, bevor ich kam. Soweit ich mich entsinne, waren drei Frauen und ein Mädchen dabei – bleiben also nur die drei männlichen übrig, die in Frage kommen, da ja die weiblichen Personen kaum einfach so und ohne jeden Grund in den Herrentrakt der Sanitäranlage spaziert wären. Demnach scheint es angesichts der Tatsache, dass ich mich an zwei Jungen erinnern kann und an einen etwas wichtigtuerischen Herrn, der sich mir sicher sofort als der Entdecker des Toten zu erkennen gegeben hätte, einer der Jungen gewesen zu sein, lassen Sie mich raten – der blonde?«

»Nein, nein«, lachte Bode, »es war kein Kind, es handelt sich um einen Mann. Übrigens scheint Ihre Erinnerung Sie zu täuschen, es waren nicht drei Frauen, sondern nur zwei, und ebenso waren es zwei Männer. Und wenn Sie weiterhin versuchen, die Antwort auf meine Frage zu umschiffen, muss ich Sie in Beugehaft nehmen.«

Er gefiel Conrad.

»Sie sind ein harter Hund, Kollege«, lenkte er ein und versuchte, sich die Szenerie so genau wie möglich vor das innere Auge zurückzurufen. »Tja«, murmelte er nach einer Weile, »die Sache war eigentlich ziemlich unspektakulär. Der Tote sah nicht irgendwie entstellt aus, bis auf die Würgemale natürlich. Ein eher zufriedenes denn entsetztes oder verzerrtes Gesicht, würde ich sagen; keinerlei Spuren, die auf einen Kampf deuteten. Und von den Leuten drumherum sagte niemand ein Wort. Ich muss allerdings zugeben, dass ich mir die Leiche nur oberflächlich angesehen habe. Jedenfalls schien der Mann noch nicht sehr lange tot zu sein, obwohl er schon ein bisschen bläulich aussah. Aber das ist ja kein Wunder, nackt auf den kalten Fliesen …«

»Die ersten Ergebnisse der Obduktion werden für morgen Nachmittag erwartet, der Arzt hat aber die Todeszeit schon mal auf so etwa zwei bis drei Uhr in der

Nacht geschätzt. Ist Ihnen sonst noch etwas aufgefallen?«, fragte Bode.

»Zwischen zwei und drei Uhr ... ist das normal oder ist das nicht normal?« In Conrads noch immer etwas mitgenommenem Schädel rumorte es.

»Bitte?« Bode war aufgestanden.

»Na ja, er war nass.«

»Nun, er lag unter der Dusche.«

»Ja, aber – wann genau wurde er denn gefunden?«

»Ziemlich genau um sechs Uhr zwanzig, wenn die Angabe des Zeugen stimmt. Sonst hat der Mann mir leider nichts Besonderes sagen können.«

»Also bloß einige Minuten, bevor ich dazukam. Angenommen, das Opfer hat um kurz vor drei Uhr geduscht – ist es dann um sechs Uhr zwanzig noch nass?«

Bode wiegte den Kopf. »Kommt drauf an. Die Nacht war ziemlich kalt – da kann so was dauern, schätze ich«, sagte er dann. »Außerdem konnte er die Dusche vielleicht nicht mehr abstellen, weil er plötzlich – tot war.«

»In diesem Falle stünden wir vor der Frage, wer sie dann abgestellt hat und wann?«

»Das alles müssen wir eben herausfinden. Ich werde mich heute Abend noch einmal bei Ihnen sehen lassen, Herr Conrad.« Bode wandte sich zur Tür.

»Sagen Sie mir wenigstens noch, wer der Tote ist!«

»Werner Struve, angeblich ein bekannter Filmheini, hatte 'ne Professur in Babelsberg.«

»Bekannter Filmheini. Hm. Kenn ich nicht«, sagte Conrad zu sich selbst, denn Bode war gegangen.

4. Kapitel

Natürlich versuchten auch ein paar von den Reportern, Conrad zu einem Interview oder wenigstens zu einigen Statements zu überreden, aber er ließ keinen herein. Stattdessen sah er durch sein Fenster den Leuten von der Spurensicherung zu, die als einzige noch in und vor dem abgesperrten WC-Gebäude zu tun hatten. Der Tote war schon lange fort, der Arzt war kurz danach weggefahren und für die Medienleute gab es auch nicht mehr viel zu sehen. Langsam leerte sich der grasbewachsene Platz zwischen den Zelten und Wohnwagen, einige Urlauber badeten, einige ruderten trotz der schon hoch stehenden, prallen Sonne in die mittägliche Stille über dem See. Im scharfen Gegensatz zur Kühle am Morgen war es nun richtig heiß geworden. Schließlich verließ Conrad das Wohnmobil, um die nähere Umgebung zu erkunden. In der unmittelbaren Nähe des Campingplatzes störten einige Leute, die wegen des gesperrten WC ihre privaten Verrichtungen im Wald erledigten, sein ästhetisches Empfinden. Tiefer im Wald wurde es einsam und still, hier traf Conrad keine Menschenseele. Nach einiger Zeit kreuzte er den holprigen Waldweg, der die Zufahrt zum See bildete und hielt sich dann ungefähr in dessen Nähe, um sich nicht zu verlaufen. Das Zirpen verschiedener Vögel war alles, was er hören konnte – einmal, ziemlich entfernt, das rasche Klopfen eines Spechtes. Als er an einen schmalen Wasserlauf kam – es war wohl eher ein Kanal, als ein Fluss –, den er nicht trockenen Fußes überqueren konnte, wandte er sich wieder zum Waldweg und ging auf diesem zurück. Er fragte sich, wann er zum letzten Mal einem Specht bei der Arbeit zugehört hatte und ob seine Kinder wohl wüssten, wie sich das anhört. Der Gedanke an sie versetzte ihm einen kleinen Stich. Es war albern, aber er vermisste sie, obwohl er sie noch gestern gesehen hatte. Verärgert kickte er einen auf dem Boden liegenden Stein vor sich her, was bei ordentlichem Tritt ganz schön wehtat. Es hatte ihn Wochen gekostet, Jule klarzumachen, dass er vierzehn Tage Urlaub allein verbringen wolle. Dass es nichts mit ihr oder den Kindern zu tun habe. Dass er einfach ein bisschen Ruhe brauche. Dass es keine andere gäbe, das vor allem. Er hatte auch versprechen müssen, Jule einen ähnlichen Genuss zu ermöglichen, also seinerseits mit den Kindern zu Hause zu bleiben, während sie mit einer Freundin in den sonnigen Süden fliegen würde. Und nun war er keine vierundzwanzig Stunden fort, vermisste die Kinder und war überdies direkt in einen Mordfall gestolpert, wahrscheinlich den ersten seit Jahren in dieser Gegend.

Ein Wagen kam ihm entgegen, vom See her. Überladen, viele Gepäckstücke auf dem Dachträger balancierend, hoppelte ein Kombi an ihm vorbei, drinnen eine Familie, deren Ferien wohl zu Ende gingen. Ob der Mörder noch auf dem Campingplatz war? Ganz lässig seinen Urlaub ausklingen ließ? War es überhaupt einer der Urlauber gewesen? Conrad seufzte und beschleunigte seinen Schritt. Minuten später stand er vor dem Rentner im Büro der Verwaltung. Oder war es ein anderer? Er war nicht sicher, aber jedenfalls sah dieser auch nicht besonders helle aus.

»Sie haben das heute sicher schon einmal tun müssen. Trotzdem möchte ich Sie bitten, mir eine Liste aller Gäste dieses Platzes zu erstellen, einschließlich derer, die heute abgereist sind oder abreisen werden. Alles mit Ankunftsdatum und voller Adresse. Wenn vorhanden, auch Kfz-Nummern, Berufsbezeichnungen und so weiter. Alles, was Sie haben. Außerdem brauche ich eine Liste der Personen, die zurzeit hier arbeiten, und sei es auch nur sporadisch, also im Kiosk, im Bootsverleih, hier in der Verwaltung, Reinigungspersonal und was es sonst noch gibt.« Conrad hatte erwartet, dass sein Gegenüber die Hände über dem Kopf zusammenschlagen und sich bitter über sein Los beklagen würde. Stattdessen ließ der Mann sich den Dienstausweis vorlegen und tippte dann routiniert einige Befehle in die vor ihm liegende Tastatur. Nach weniger als zwei Minuten hielt Conrad einen mehrere Seiten umfassenden Ausdruck in der Hand.

»Die Gäste werden ohnehin fortlaufend gespeichert. Die Personalliste habe ich vorhin bereits für Herrn Bode zusammengestellt«, sagte der Mann, als er Conrads überraschten Blick bemerkte. Es hatte wohl inzwischen doch ein Schichtwechsel stattgefunden.

»Übrigens muss ich erwähnen«, setzte der Alte hinzu, »dass ich Herrn Bode vorhin das Wohnmobil gezeigt habe, von dem ich annehmen konnte, dass es Ihres ist. Ihre Daten hatten wir ja noch nicht, aber er wollte wissen, wer der Mann war, der die Polizei benachrichtigt hatte.«

Conrad nickte. Klar, sie hatten einfach die Autonummer überprüft. Diese einfachste Möglichkeit für Bode, an Conrads Daten zu kommen, um mit seinem Chef zu telefonieren, war ihm bisher einfach nicht eingefallen. Zwar hatte er den Wagen erst vor ein paar Tagen auf seinen Namen registrieren lassen, aber schließlich dauerte es nicht mehr so lange wie früher, ehe solche Änderungen dann auch via Polizei-Computer abrufbar waren.

Der Alte fuhr fort: »Da wir schon dabei sind: Von Ihnen benötige ich noch ein paar Angaben. Wie lange beabsichtigen Sie hierzubleiben? Ihre Kfz-Nummer habe ich mir vorhin schon notiert. Möchten Sie morgens Brötchen oder eine bestimmte Tageszeitung? Wir würden sie im Kiosk jeweils für Sie bereithalten. Ihr Vorname ist Hans?«

»Woher wissen Sie das denn?«, fragte Conrad schnell.

»Es steht auf dem Ausweis, den Sie mir eben gezeigt haben«, antwortete der Alte unschuldig. »Morgen erscheint der neue *Kicker*. Soll ich ein Exemplar vormerken?«

»Spionieren Sie mir nach? Wühlen Sie in meinem Wagen herum, wenn ich weg bin?« Conrad war perplex.

»Oh nein, ich denke nicht, dass mir das viel Freude bereiten würde. Aus der Inventarliste unseres kleinen Kiosks, die automatisch jeden Abend in diesem PC gespeichert wird, kann ich ersehen, dass gestern Abend ein mehrere Tage altes *Kicker*-Heft gekauft wurde, übrigens zusammen mit einer nicht unerheblichen Menge alkoholhaltiger Getränke. Von den Gästen, die schon länger hier sind, ist eher nicht zu erwarten, dass sie den *Kicker* tagelang im Regal stehen lassen, um ihn dann schließlich doch noch zu kaufen. Sie sind der einzige Gast, der gestern nach Büroschluss noch eingetroffen ist. Daraus und aus Ihrem – bitte nehmen Sie mir das nicht übel – etwas ungesunden Aussehen, das auf reichlichen Rauschmittelgenuss schließen lässt, ergibt sich, dass Sie mit hoher Wahrscheinlichkeit der Käufer waren.«

»Ah ja, natürlich …«, brachte Conrad hervor und versuchte, dabei möglichst unbeeindruckt zu klingen. Ihm ging heute alles ein bisschen zu schnell. »Tja, also wie lange ich hierbleiben werde, kann ich Ihnen noch nicht genau sagen. Offen gestanden hatte ich gar keine konkreten Pläne und wollte einfach mal losfahren und dann sehen, wo es mir gefällt. Nun hat sich da ja was geändert – aber was soll's, ist ja ganz schön hier. Sagten Sie übrigens etwas von Brötchen? Ein Frühstück könnte jetzt nicht schaden.«

Mit einem kleinen Lächeln sah der Alte auf die Uhr an der Wand. Es war ein Uhr. »Tut mir leid, die sind normalerweise gegen acht Uhr ausverkauft. Aber Sie können ja nachsehen, ob noch welche liegen geblieben sind. Allerdings wird Frau Wilhelm den Kiosk jetzt schließen. Mittagspause. Sie sollten sich beeilen.«

»Gut«, sagte Conrad, »dann gehe ich schnell rüber, wir werden ja noch Gelegenheit zu einem ausführlicheren Plausch haben, hoffe ich. Sie sind Herr …«

»Holm«, antwortete das Männchen.

»Na klar! Ich meine: alles klar. Vielen Dank hierfür!«
Conrad winkte mit dem Ausdruck und ging die paar
Schritte hinüber zu dem kleinen Laden.

»Wir ham zu«, begrüßte ihn eine dicke Frau, als er ein-
trat, offenbar Frau Wilhelm.

»Ja, ich weiß, Sie machen jetzt Pause, aber könnte ich
nicht noch ganz schnell ...«

»Nee«, schnitt sie ihm das Wort ab, »ich schließ nu ab.
Kommse um dreie wieder.« Die Unterhaltung war für
sie beendet. Manchmal ist man eben gezwungen.

»... die eine oder andere Frage an Sie richten? Mordkommission. Hier ist meine Dienstmarke.« Fix suchte
Conrad den Namen Wilhelm auf seiner Personalliste.
»Frau Erna Wilhelm? Wohnhaft in Borwitz? Sie sind mit
dem Toten gesehen worden – Sie wissen, wen ich meine
– ähm, gestern Nachmittag. Worüber haben Sie mit ihm
gesprochen?«

»Was denn – ich?« Die Frau riss die Augen auf. »Wer
hat Ihnen denn so 'n Quatsch erzählt? Gestern hatt ich
doch gar kein Dienst nich. Und was soll ich denn mit
dem Herrn Struve zu bereden haben? Nee, nee, ich war
gestern zu Hause und hab damit nix zu tun.«

»Nun, möglicherweise handelt es sich um eine Ver-
wechslung. Sie waren zu Hause, kann das jemand bestätigen?« Frau Wilhelm nickte nachdrücklich. »Gut,
das lässt sich leicht nachprüfen«, fuhr Conrad schnell
fort, bevor die Frau etwas sagen konnte. »Aber gekannt
haben Sie Herrn Struve doch, nicht wahr? Ich meine,
weil Sie seinen Namen erwähnten.«

»Na sicher hab ich den gekannt. Der war ja Stammgast hier. Hat ja auch sein Boot hier liegen und alles.

Aber mir so 'ne Sache in die Schuhe schieben – also da hört sich doch so einiges auf.«

Himmel, die regte sich ja richtig auf!

»Niemand schiebt Ihnen irgendetwas in die Schuhe, Frau Wilhelm«, sagte Conrad beruhigend, während er beiläufig Käse, Butter und Toast auf den Ladentisch legte. »Seit wann arbeiten Sie hier auf dem Platz?«

»Ja wartense, das sind nu wohl auch schon sieben Jahre oder achte. Is ja nur Saisonarbeit, im Winter geht ja nich.«

»Und Herr Struve – ist der auch all die Jahre hierher gekommen?« Sachte stellte Conrad noch einen Liter Milch dazu, er wusste nicht, wieso, eigentlich brauchte er gar keine Milch.

»Na, so mehr oder weniger ja. Manchmal kam er erst zur Nachsaison oder schon früh im Jahr für ein paar Tage, wir machen immer schon Mitte Mai auf. Aber dass er mal gar nich da war, wüsst ich nich. War 'n netter Kerl eigentlich. Versteh ich gar nich, dass jemand den umbringt – wenn das man überhaupt stimmt mit dem Mord.« Frau Wilhelm sah Conrad geheimnisvoll an.

»Ja, das wissen wir natürlich erst nach der Obduktion hundertprozentig. Aber es deutet alles auf Tod durch Erwürgen hin. Warum zweifeln Sie daran?«

»Ich sach ja, ich bin nu seit viele Jahre hier, und noch nie is irgendwas Schlimmes gewesen, höchstens mal 'n Diebstahl hier im Laden oder dass was aus 'm Zelt verschwunden is. Und nu grade Herr Struve ... na ja, der hatte da so spezielle Vorlieben ...« Sie zögerte, aber Conrad meinte deutlich zu spüren, dass sie nur die Spannung erhöhen wollte. Deshalb fragte er betont gelangweilt: »So so. Was denn für Vorlieben, Frau Wilhelm?«

Sie beugte sich ein bisschen zu ihm herüber und senkte die Stimme: »Ketten. Riemen zum Fesseln. Masken aus schwarzem Leder und so was. Ich hab ihm solche Hefte oft bestellen sollen – ganz diskret natürlich. Na, und dann hatte er manchmal Besuch hier, Frauen, die spätabends kamen und morgens schon wieder weg waren. Wenn da mal nich was schiefgegangen ist.«

Conrad war konsterniert. Dies waren allerdings interessante Informationen. Und er hatte gedacht, die brave Verkäuferin wollte sich nur ein bisschen aufspielen!

»Sie hatten wohl doch das eine oder andere zu besprechen mit dem Herrn Struve, scheint mir«, sagte er strenger als nötig. »Woher wissen Sie das mit den nächtlichen Besuchen – Sie sind ja nur tagsüber hier. Hat er Ihnen das einfach so erzählt?«

»Wo denken Sie hin! Nein, das hätt er niemals getan, er war doch immer so zurückhaltend und höflich. Einer Dame gegenüber hätt er solche Geschichten bestimmt nich erwähnt. Aber so ganz verheimlichen lassen sich so Sachen auf die Dauer ja nich, vor allem unter den Stammgästen. Da kennt ja doch jeder jeden. Man wusste das eben. Übrigens empfangen andere ja auch öfters Besuche hier.«

Aha. Conrad musste entdecken, dass ihm bisher nicht klar gewesen war, was so große Teile der Männerwelt zu einsamen Angeltouren, Kanuwanderungen und Segeltörns trieb. Gleichzeitig fing er an, sich über das Bild, das er nach außen abgeben mochte, ernste Gedanken zu machen. Verheirateter Kriminalbeamter, drei Kinder, fährt allein mit Wohnmobil auf höchst dubiosen Campingplatz. Was er da wohl will?

»Die Damen, die da zu Besuch kommen – wo sind die her? Kommen die extra aus Berlin?«, fragte er.

»Ach was! Von so weit!« Frau Wilhelm winkte ab. »Nee, die kommen von hier aus der Gegend. Mirow, Neustrelitz, Malchow – viele auch aus den Dörfern. Die machen das nebenberuflich, wenn se nich sonst sowieso ohne Arbeit sind. Einige kenn ich noch von früher. Das sind anständige Frauen, die ein ganz normales Leben führen und sich ab und zu was dazuverdienen wollen.«

»Sie kennen einige dieser Damen ›von früher‹? Wie darf ich das verstehen?«, fragte Conrad.

»Na«, zwinkerte die Verkäuferin, »man war ja auch mal jünger. Und früher, im Sozialismus, wurde vieles Moralische nich so eng gesehen.«

»Oh, klar … was macht das?« Conrad hatte einstweilen genug. Er bezahlte die Lebensmittel und verabschiedete sich: »Ich möchte gern noch einmal mit Ihnen sprechen, Frau Wilhelm. Aber jetzt machen Sie mal Ihre Pause. Ich danke Ihnen für die Zeit, die Sie sich für mich genommen haben.« Kopfschüttelnd ging er zu seinem Wohnmobil. Merkwürdig. Diesen Leuten gegenüber kam er sich vor wie ein Dörfler, der in die große Stadt gekommen ist und sich nicht zurechtfinden kann. Dabei war er doch aus Berlin.

5. Kapitel

Am Nachmittag studierte Conrad die Gäste- und Personallisten. Sie enthielten Angaben zu Wohnorten und Geburtsdaten der Gäste, nicht aber zu deren Berufen. Letzteres war schade – Conrad fand es leichter, sich auf ein Gespräch einzustellen, wenn er schon zuvor wusste, ob er es mit einer Serviererin oder einer Philologin führen würde. Andererseits konnte man sich in dieser Hinsicht auf nichts verlassen – manchmal hatte die Serviererin einen Doktortitel der Philosophie, während die Philologin Kochrezepte übersetzte. Insgesamt waren auf der Liste über achtzig Gäste verzeichnet, Kinder mitgerechnet. Auf der Personalliste waren es elf Personen, sämtlich billige Teilzeitangestellte, also Rentner, Hausfrauen und Studenten, die in der näheren Umgebung wohnten oder zumindest zeitweilig untergekommen waren.

Werner Struve, der Tote, war im April 1944 geboren worden. Als Wohnort war eine Straße in Berlin angegeben. Ankunft vor neun Tagen, ursprünglich vorgesehener Abfahrtstermin in gut zwei Wochen. Autokennzeichen B - AJ 366. Mehr war aus der Liste nicht zu ersehen. Conrad ging den Wagen suchen. Er fand ihn nach ein paar Minuten auf einem der Stellplätze ganz am Waldrand – diese Plätze waren sicher die beliebtesten und wahrscheinlich den Stammkunden vorbehalten. Ein Kombi älteren Typs und ein ziemlich kleiner Wohnwagen – recht unauffällig, es gab keine der üblichen dümmlichen Aufkleber. Wohl aber klebten an sämtlichen Fenster- und Türrahmen Polizeisiegel. Durch die Fenster des Wohnwagens hineinsehen konnte man ganz gut, man musste nur auf die Deichsel steigen. Innen herrschte im Großen und Ganzen Ordnung, etwas Geschirr und zwei Weingläser konnte Conrad ausmachen, außerdem ein paar Bücher und Kleidungsstücke. Ein Campinghocker war umgekippt und das Bett sah benutzt aus, wenn auch nicht gerade zerwühlt. Irgendwelche Spezialutensilien, die auf kürzlich hier stattgefundene Lustbarkeiten hindeuten und somit die Überlegungen Frau Wilhelms stützen konnten, waren nicht zu entdecken. Im PKW gab es ebenfalls nicht viel zu sehen: ein Paddel mit Ruderblatt an beiden Enden, einige Decken, eine Angel, ein Eimer, eine Kiste mit leeren Bierflaschen sowie ein Kanister, Warndreieck, Werkzeug.

Da er gerade dabei war, ging Conrad noch mal zur immer noch mit rot-weißen Plastikbanderolen abgesperrten WC-Baracke. Es war niemand mehr dort, dem er seinen hier in Mecklenburg ohnehin unnützen Dienstausweis unter die Nase hätte halten können, also stieg er einfach über die Bänder hinweg. Die Tür zum Männerbereich war nicht nur unversiegelt, sie stand überdies offen – die Leute von der Spurensicherung waren hier offenbar längst fertig und hatten, als Zivilpolizisten, nur keine Lust gehabt, die Bänder zu entfernen – das war Sache der grünen Polizei. Nun denn, also würde er das machen, aber erst nachdem er noch eben einen ungestörten Blick auf den Fundort der Leiche geworfen hatte. Drinnen vergegenwärtigte er sich das Bild von heute früh. Die friedliche Leiche, die stumm davorstehenden Urlauber. Conrad musste laut auflachen, als er sah, dass die weißen Kreidemarkierungen, die man trotz offensichtlicher Unbrauchbarkeit auf den Boden gezogen hatte, den Umriss der Leiche in Erste-Hilfe-Position wiedergaben. Dann begann er, sich systematisch Kachel für Kachel vornehmend, die Wand abzusuchen. Nichts. Er ging in die Hocke und untersuchte den Boden. Ob nicht noch irgendwo ein Klümpchen Dreck, ein Haar, eine Kleidungsfaser oder etwas Ähnliches zu entdecken war? Nichts, mit bloßem Auge natürlich nicht. Aber als er sich gerade mit der Hand auf den Boden stützte, um wieder aufzustehen, ertastete er mit der Fingerspitze etwas sehr Kleines, das weicher war als die Fliesen. Er hatte Schwierigkeiten das Ding zu sehen, aber als er es vorsichtig ablöste, erkannte er doch, dass diese dünne, grün gefärbte Kunststoffscheibe eine Kontaktlinse sein musste. Sie war auf den ebenfalls grünen Bodenkacheln völlig unsichtbar gewesen, deshalb hatten die Kollegen sie nicht gefunden. Nun, ob sie Struve gehört hatte oder nicht, konnte man leicht herausfinden. Ob dies zu irgendetwas führen konnte, war allerdings fraglich. Noch einmal ließ Conrad den Blick rundherum wandern. Das war doch Wahnsinn! Kein Mensch würde hier, wo auch nachts jede Sekunde jemand hereinkommen konnte, einen geplanten Mord begehen, schon gar nicht ohne wirkungsvolle Tatwaffe. Einen Mann wie Struve, der nicht besonders alt und außerdem wahrscheinlich sportlich aktiv war, worauf das Paddel im Auto hinweisen konnte, der auch keineswegs klein, sondern eher überdurchschnittlich groß war, würgte man nicht einfach so zu Tode. Vielleicht war Struve sturzbetrunken gewesen, andere Sachen könnten natürlich ebenfalls im Spiel sein, Medikamente oder harte Drogen. Dies immerhin war an Frau Wilhelms Theorie bemerkenswert: Es konnte sich um Mord, vielleicht aber auch um einen zugegebenermaßen etwas bizarren Unfall handeln. Danach könnte der Tote hierher geschafft worden sein. Allerdings, und hier hinkte die Theorie der Verkäuferin ein wenig, wohl kaum von einer einzelnen Frau. Nachdenklich inspizierte Conrad nun auch den Teil der Baracke, der für Frauen vorgesehen war. Prompt fand er, was er suchte: eine rückwärtige Tür. Sie war unabgeschlossen und ging direkt zu einem Wasserlauf hinaus, der nach etwa dreißig Metern in den See mündete. In der anderen Richtung verschwand er im Wald, möglicherweise handelte es sich um denselben, an den er vorhin bei seinem Spaziergang gekommen war. So viel wusste Conrad von dieser Gegend, dass hier jeder See durch Stichkanäle mit wieder anderen Seen verbunden war.

»Na denn prost«, sagte er laut zu sich selbst und begann, den schmalen Grasstreifen zwischen Kanal und Tür nach Spuren abzusuchen. Aber das erwies sich als sinnlos, die Kollegen hatten offenbar auch hier alles bereits untersucht und dabei gründlich niedergetreten. Ziemlich deutlich waren Erdspuren im Eingang zu sehen, die nach innen führten, teilweise auch wieder hinaus, auch diese wohl von den Beamten verursacht. Conrad versuchte, eventuell noch sichtbare Reste einer Schleifspur zu entdecken – falls der schwere Körper hier hereingebracht worden war, könnte er doch durchaus so etwas hinterlassen haben, nachdem man ihn über den feuchten Grasstreifen gezogen hatte. Aber auch dies ergab nichts. Vielleicht hatte man darauf geachtet, solche Spuren zu vermeiden, oder sie waren nach der Untersuchung durch so viele Leute nur nicht mehr sichtbar – es gab auch noch andere Möglichkeiten.

Nachdem er um das Gebäude herumgegangen war und die überflüssig gewordenen Absperrungsbanderolen entfernt hatte, holte Conrad ein Handtuch und ging zum Bootsanleger hinunter. Hier mietete er ein kleines Paddelboot – einen Kanadier – und ließ sich nach wenigen Schlägen faul auf dem See herumtreiben. Er wusste, dass er eigentlich schleunigst mit systematischen Befragungen der Camper und der Angestellten beginnen sollte. Möglicherweise würden einige von ihnen noch heute oder doch in den nächsten Tagen abfahren, wie die Familie in dem überladenen PKW vorhin. Aber eine eigenartige Lethargie, die viel mit der plötzlich entstandenen Hitze zu tun haben mochte, hielt ihn davon ab. Niemand schien von dem Mord noch Notiz zu nehmen. Vorhin, ja, heute Morgen! Da war dieser Ort ein Ameisenhaufen gewesen, Blaulichter, Fernsehen, aufgeregte Gesichter. Aber nun hatte sich seit Stunden nichts mehr getan, er war der einzige Polizist weit und breit. Die Beamten hatten ihre Arbeit hier bereits erledigt und ihre Zeugenaussagen gesammelt, sicher. Dennoch fragte

Conrad sich, was sie jetzt machten. Wie sollte es weitergehen? War er dazu auserkoren, hier ganz allein weiterzumachen, ohne dass man es für nötig befand, ihm auch nur die bisherigen Ermittlungsergebnisse mitzuteilen? Diese Erfahrung war neu für ihn, und das wollte schon etwas heißen nach all den Jahren. Ein unzusammenhängender Strom von Bildern zog träge an seinem inneren Auge vorbei, Bilder vom alltäglichen Umgang mit Mord und Totschlag, von Gefahr und Verlust. Er empfand es als irritierend und verstörend, wie idyllisch dieser Mordfall hier sich ausnahm. Um wieder klar zu werden, zog er sich aus und sprang aus dem Boot ins wohltuend kühle Wasser. Es war erstaunlich sauber und Conrad tauchte und planschte einige Zeit wie ein Kind darin herum. Gar nicht leicht war es, danach wieder in den wackligen Kahn hineinzukommen, mehrmals kippte er gerade in dem Moment um, in dem Conrad sich fast schon hineingestemmt hatte. Ziemlich außer Atem ließ er sich schließlich ins Innere plumpsen und langsam von der Sonne trocknen. Dann zog er seine nun leider klatschnassen Kleider an, was unangenehm war, und paddelte in den schmalen Wasserlauf am rückwärtigen Teil der grauen Sanitärbaracke, den er vorhin untersucht hatte. Nach kurzer Zeit befand er sich mit seinem Kanu mitten im tiefsten Wald. Der Kanal durchzog diesen in ruhigen Schwüngen ohne eine merkliche Strömung. Die fast meditative Gleichmäßigkeit, mit der das Boot voranglitt, war wunderbar und unpassend zugleich. Mutwillig ließ Conrad das Paddel zu flach eintauchen, um es platschen und spritzen zu lassen, einmal schrie er sogar mit lauter Stimme in den

Wald »Huaahhh!« Es antwortete nur sommerlich hei-
ßes Schweigen, friedlich zwar, aber auch lastend. Schon
nach einigen hundert Metern endete der Kanal in einem
neuen, wenn auch sehr kleinen See. Auf der gegenüberliegenden Seite öffnete sich dafür ein weiterer Kanal.
Und auf der rechten Seite noch einer. Conrad entschied
sich für den ersten, der sich nach kurzer Strecke teilte. Also links. Dann wieder ein kleiner See. Diesmal
nur ein weiterführender Kanal, der sich allerdings seinerseits bald gabelte. Schon etwas unsicher geworden,
kehrte Conrad nach einigen Kilometern um. Dies war
nicht die richtige Gegend zum blinden Drauflospad-
deln, soviel wusste er jetzt bestimmt. Immerhin, die
sportliche Betätigung kam heute nicht zu kurz, damit
konnte er durchaus zufrieden sein und das würde er im
»Überblick« für Hauptkommissar Hauptmann auch gebührend herausstellen.

6. Kapitel

Fünf, vier, drei, zwei, eins – START! Njäämm, hochschalten, brooaarr, noch mal hochschalten, hwwwuuich – Spitzengeschwindigkeit erreicht! Oh, was ist das? Raketenantrieb außer Kontrolle – Feuer! Sofort raus! Schleudersitz klemmt – ich kann das Steuer nicht mehr halten! Tja, sieht so aus, als ob's hier gleich ein bisschen laut wird, Commander ...«

»He, du kannst doch nicht einfach auf die Straße laufen.« Der Mann sah nett aus.

»Wieso? Ich bin doch ein Raketenauto!«

»Du bist Lilli, stimmt's? Lilli Conrad?«

»Ja – aber jetzt nicht, jetzt bin ich ein Raketenauto!«

»Du bist ein hübsches Mädchen. Ein sehr hübsches Mädchen sogar. Sag das deinen Eltern und einen schönen Gruß. Aber nicht vergessen, sonst stirbt der Pilot.«

»Wieso – wieso stirbt der denn?«

»Das ist so. Also, sag deinen Eltern, dass du ein verlockend schönes Mädchen bist. Tschüss, ich muss jetzt weiter.«

7. Kapitel

Zurück am Bootsanleger erkundigte sich Conrad bei dem jungen Mann, der dort ziemlich unbeschäftigt im Schatten des Schuppens saß, wo genau er hier eigentlich gelandet sei, ob er eine Land- oder besser Seenkarte bei ihm erstehen könne und wo er schnell ein Mobiltelefon bekomme. Für Letzteres musste er nach Mirow fahren und dort fast eine Stunde warten, bis seine »Bonität« geprüft war. Drei bis vier Stunden später würde das Telefon dann freigeschaltet sein, versicherte der leicht ölige Händler. Bald hatte Conrad sich auch mit den notwendigen Getränken für den Abend versorgt. Im Garten eines kleinen Lokals mit Blick auf einen kleineren See gab es frischen Zander, schnörkellos zubereitet und wunderbar zart. Der dazu servierte Frascati war allerdings langweilig und schlecht gekühlt und Conrad bestellte kurzerhand Bier. Wie immer, wenn er allein aß, las er währenddessen Zeitung – still und einsam vor sich hin zu essen hatte ihn schon immer deprimiert. Dann wurde es Zeit zurückzufahren, da Bode sich ja für den Abend angekündigt hatte. Gegen sieben Uhr zuckelte Conrad über den Waldweg und rollte schließlich auf den Platz. Erfrischt von seinem kleinen Ausflug machte er sich daran, einen kleinen Klapptisch aufzustellen, der schon beim Kauf im Wohnmobil gewesen war. Dann ging er nach vorn zum Kiosk, wo er unter Sonnenschirmen ein paar Tische und Stühle hatte stehen sehen. Der Kiosk war schon geschlossen, obwohl er gestern noch um neun offen gewesen war.

»Sie erlauben doch sicher, Frau Wilhelm«, sagte Conrad in Richtung der verschlossenen Tür und nahm sich zwei dieser weißen Plastikstühle, deren Beine immer abbrechen. Nachdem er kaltes Wasser in einen Eimer gefüllt und eine Flasche Navarra hineingestellt hatte, setzte er sich und studierte die vorhin gekaufte Karte, Maßstab 1:25000. Er befand sich wie erwartet an der Müritz, das hatte ihm der junge Mann im Bootsverleih bereits bestätigt. Diese war wegen ihrer Größe nur teilweise auf dem Kartenausschnitt erfasst. Das Geflecht aus Gewässern unterschiedlicher Größe und Länge auf ihrer südöstlichen Seite war etwas verwirrend, sodass er immerhin einige Zeit brauchte, nur um seine kurze Paddeltour vom Nachmittag nachzuzeichnen.

Als er einen gequält röchelnden Automotor hörte, sah Conrad auf. Bode stieg aus einem uralten, giftgrünen R4. Conrad grinste kennerhaft und ließ die Begriffe »Revolverschaltung« und »teilsynchronisiert« fallen, nachdem er Bode aufgefordert hatte, auf dem freien Plastikstuhl Platz zu nehmen. Nun mussten des längeren die genauen technischen Daten der jeweiligen Baureihen diskutiert und beurteilt werden. Bode referierte über die unterschiedlichen Modellvarianten, angefangen beim 1961 gebauten Dreigang mit 26 PS und abschließend beim fünfundzwanzig Jahre später als letztem Typ noch gebauten GTL mit rassigen 34 PS. Überhaupt: Bode führe seit Jahren nur und Conrad sei irgendwann früher auch mal. Bei den Vor- und Nachteilen der Kasten- oder Transporterausführungen konnte Conrad wieder mitreden. Man berührte auch verwandte Gebiete wie Ente, Käfer und Fiat 500. Zur Spezies des Trabi konnte Conrad nichts beitragen, er hatte nie einen gesteuert und bedauerte dies nun gebührend. Ja, das müsse er sich unbedingt einmal gönnen, bestärkte ihn Bode, solange noch welche herumführen. Er sei früher oft mit dem des Vaters über die berüchtigten Schlaglochpisten gebrettert. Sagenhaft auch das Verhalten auf gewelltem Kopfsteinpflaster.

Erst als die Flasche mit dem Navarra, der recht gut, aber auch sehr stark war, zur Neige ging, und es schon langsam dunkel wurde, fragte Conrad: »Ist das wahr, dass hier viele bezahlte Damen herkommen?«

Bode hob die Brauen ein wenig. »Ich sehe, Sie haben mit Ihren Ermittlungen gleich an einem der interessantesten Zipfel begonnen. Tja, also soweit ich weiß, läuft das auf keinem der anderen Plätze so gut wie auf diesem. Nicht, dass auf anderen nichts wäre, aber eben weniger – keine Ahnung, warum. Hat sich wohl irgendwie so eingespielt.«

»Kommen die alle bestellt oder auch auf gut Glück?«

»Ich glaube, dass alle auf Vereinbarung kommen – Callgirls nennt man das ja wohl bei Ihnen.«

Jetzt zog Conrad eine Braue hoch. »Bei uns? Was heißt das?«

»Na ja, diesen Begriff hat man hier früher nicht verwendet. Diese Geschichten laufen aber schon sehr lange, nicht unbedingt genau auf diesem Platz hier, aber überhaupt. Sie wissen vielleicht, dass die Bevölkerung des Arbeiter- und Bauernstaates in dieser Hinsicht erstaunlich freizügig sein konnte. Aber das lief nicht wirklich professionell, sondern eher irgendwie beiläufig, es war auch nicht so teuer – also konnten die Frauen gar nicht so viel damit verdienen.«

»Hm«, nickte Conrad, »so ähnlich hat mir Frau Wilhelm – sie arbeitet hier in dem kleinen Tante-Emma-Laden – das auch erklärt.«

»Die Dicke?« Bode legte ein Päckchen Filterlose vor sich auf den Tisch.

»Genau. Hatte noch gar nicht bemerkt, dass Sie rauchen.«

»Tu ich auch nicht. Ich mag den Geruch. Mit der Wilhelm hatte ich heute Vormittag das Vergnügen.«

»Sie meint, das Ganze könne ein Unfall sein.«

»Wie bitte? Wie kommt sie denn darauf?«

»Sie deutete was an in der Richtung, Struve sei SM-Kunde gewesen. Hier auf dem Platz.«

Bode pfiff durch die Zähne. »Soso, war er das ... na ja, aber da geht denn ja wohl doch die Phantasie mit der guten Frau durch. Der Tote ist erwürgt worden – da muss schon richtig zugedrückt worden sein, das passiert doch nicht aus Versehen.« Trotz der bestimmten Worte fand Conrad, dass Bode ein kleines bisschen unsicher klang.

»Haben Sie schon irgendwelche Laborwerte – Tabletten, Drogen und so weiter?«

»Nein, morgen Nachmittag erst. Und den Abschluss-bericht noch später, vielleicht erst nächste Woche.«

»Himmel«, stöhnte Conrad.

»Ja, ich kann mir vorstellen, dass das bei Ihnen schneller geht.«

»Nein, in Berlin dauert es auch ewig. Wo machen die das hier eigentlich?«

»In Neubrandenburg«, antwortete Bode.

»Auch nicht gerade um die Ecke.«

»Wieso – wollen Sie dahin?«

Conrad nickte. »Alte Gewohnheit. Ich sehe mir die Leichen immer noch mal in Ruhe an. Kommen Sie mit?«

»Abgemacht. Ich hole Sie morgen früh ab, in Ordnung?«

»Mit der Kiste hier?« Conrad wies mit dem Kopf zum R4 hinüber.

»Klar.«

»Tja, das ist sehr nett. Soviel ich weiß, liegt Neubrandenburg ja so ziemlich in entgegengesetzter Richtung von Neustrelitz aus. Aber wenn Sie den Umweg machen wollen ...«

Bode zuckte mit den Schultern.

»Gut«, sagte Conrad, »dann können wir ja auf der Fahrt weiterplaudern. Aber sagen Sie mir jetzt noch, wer den Toten heute früh entdeckt hat. Wer weiß, vielleicht ist ihm inzwischen ja noch was eingefallen.«

»Würde mich wundern. Bis auf die Uhrzeit – sechs Uhr zwanzig – war aus dem nicht viel rauszuholen. Wollen Sie den jetzt noch befragen?« Es war nun schon fast vollständig dunkel, Bode sah auf die leere Weinflasche, dann auf die Uhr. »Er heißt Franke. Helmut, glaube ich. Aber fragen Sie mich jetzt bloß nicht, in welchem Wagen oder Zelt der hier wohnt.«

»Vielleicht treffe ich ihn ja zufällig – zum Beispiel unter der Dusche«, murmelte Conrad.

»Na, na! Kein Zynismus, bitte! Also dann bis morgen.«

8. Kapitel

Es wurde nun merklich kühler. Conrad holte seinen »Jule-Pulli« aus dem Wohnmobil. Diesen Pullover hatte Jule vor zehn oder zwölf Jahren für ihn gestrickt, damals hatten sie noch keine Kinder und verheiratet waren sie auch noch nicht. Inzwischen hatte Jule mehrfach damit gedroht, das Ding wegzuwerfen, weil es im Laufe der Zeit unbeschreiblich löchrig und formlos geworden war. Conrad durfte den geliebten Pullover nur noch anziehen, wenn Jule es nicht sehen konnte. In seinem Werkkeller zum Beispiel, in dem er sich gern aufhielt, aber niemals etwas Handwerkliches tat – meist sah er sich hier ungestört Fußballspiele an. Auch das neue Telefon nahm er mit nach draußen. Der Händler hatte versichert, dass auch ohne zusätzliches Aufladen genug Saft im Akku sein würde, um ein paar Mal telefonieren zu können. Obwohl: Memory-Effekt. Besser erst mal zehn Stunden laden. Sei's drum. Conrad ging zu dem parallel zum Ufer verlaufenden Bootssteg. Am einen Ende sah er die Umrisse eines Pärchens. Eng umschlungen und leise redend saßen die beiden da und schauten in die Nacht. Also setzte Conrad sich an das gegenüberliegende Ende, sicher gut zwanzig Meter entfernt. Während er sich mit der Codenummer und Funktionen, die ihm nicht vertraut waren, herumschlug und schließlich seine Privatnummer eintippte, spürte er das Verlangen nach Wärme. Er hätte etwas drum gegeben, hier nicht nur mit einem Telefon zu sitzen. Klar, Jule. Aber nicht unbedingt. Sie schliefen nur noch selten miteinander, schon seit einigen Jahren. Als die Kinder kamen, hatte Jule kaum noch Kraft und Lust verspürt und er war das sinnlose Drängen irgendwann leid geworden. Man konnte, fand er, deshalb eigentlich nicht mehr von richtiger Liebe zwischen ihnen sprechen. Er jedenfalls konnte sich Liebe ohne Körperlichkeit nicht vorstellen. Es war dann zu verschiedenen Techtelmechteln mit anderen gekommen, insofern waren Jules dahin gehende Verdächtigungen bei seiner Abfahrt durchaus verständlich. Ihn streifte der Gedanke, angesichts des ohnehin bestehenden Verdachts sei es doch unsinnig, den an diesem Ort offenbar gängigen Service zu verschmähen. Andererseits: Mit einer Prostituierten hatte er noch nie etwas gehabt, es war ihm immer irgendwie kümmerlich erschienen, derartige Dienste in Anspruch zu nehmen. Warum eigentlich? Er wusste es nicht. Jule meldete sich mit einer Stimme, die ihn sofort auf ein anderes Programm umschalten ließ: Die Reflexe »Beschützen«, »In Ordnung bringen« oder »Trösten« funktionierten nach wie vor einwandfrei.

»Ja, Hans hier. Was ist los? Du klingst nicht gut!«

»Gott sei Dank rufst du endlich an! Jemand hat Lilli vorhin – irgendwie belästigt ... es ist so eklig!«

«Was? Was ist passiert? Ich meine, ist sie okay?«

»Ja, sie ist okay. Sie hat das gar nicht verstanden, glaube ich.«

»Also jetzt mal ganz ruhig. Was war denn los?«, fragte Conrad sehr langsam und sehr konzentriert. Er wusste aus seiner Erfahrung mit erregten Zeugen, dass sich etwas von dieser Konzentration auf sie übertragen ließ, sodass sie in die Lage versetzt wurden, brauchbare Auskünfte zu geben.

»Sie war draußen auf der Straße. Da hat ein Mann sie mit ihrem Namen angesprochen. Er hat gesagt, sie sei ein schönes und verlockendes Mädchen oder so was.«

»So ein mieses Schwein!«

»Sie solle uns das ausrichten, unbedingt. Verlockend! Und er wusste ihren Namen! – Hans? Sag doch was! Was sollen wir denn jetzt machen?«

»Sie soll uns das ausrichten? Hat er das wirklich gesagt?«

»Ja, sie hatte es ganz eilig damit, weil er auch noch gesagt hatte, es würde sonst jemand sterben oder was.«

»Wie? Wer stirbt dann?«

»Ach was weiß ich! Komm sofort nach Hause – ich habe Angst.« Jule weinte.

»Jule, bitte, es ist wichtig, dass du mir die Dinge ganz genau erzählst. Also noch mal …«

»Was soll das, Hans? Rede nicht so mit mir wie mit deinen Zeugen! Dies ist kein verdammter Fall, es ist Lilli! Komm jetzt nach Hause!« Sie schrie fast, und sie zeigte durchaus einige Merkmale von Hysterie, wie Conrad nicht umhin konnte zu bemerken – aber sie hatte natürlich Recht. Er musste sofort fahren.

»Ich bin in zwei Stunden da.«

»Ich warte auf dich«, antwortete Jule leise.

Conrad kritzelte noch schnell eine Nachricht für Bode auf den schmalen Rand einer Zeitungsseite und eine weitere für die Verwaltung: Wegen einer dringenden Angelegenheit. Er werde aber baldmöglichst ... Zwar war es zweifelhaft, ob er hierher zurückkommen würde, aber das konnte er jetzt schlecht im Einzelnen darlegen. Beide Fetzen klemmte er, so gut es ging, in den Türspalt des Büros und vergaß auch nicht, die weißen Plastikstühle an ihren Platz zurückzustellen. Es war kein Bein abgebrochen. Das Liebespaar saß noch immer auf dem Bootssteg, dunkel hoben sich die zusammengerückten Silhouetten vor dem Hintergrund der leicht glitzernden Seeoberfläche ab. An der Unterseite des Klapptisches, den er nun einlud, klebte noch ein Preisschild. Er bemerkte diese Dinge und wusste nicht, warum. Er wollte sie nicht bemerken. Er wollte nach Hause, er wollte bei seiner Frau und seinen Kindern sein. Während das Mobil langsam über den buckligen Platz zur Ausfahrt schaukelte, bemerkte er auch noch einen Mann, der, ein Handtuch um den Hals, in die grell und kalt erleuchtete WC-Baracke ging. Er hätte gewettet, dass es Helmut Franke war – der Zeuge.

9. Kapitel

Das erste Stück war jenes, auf dem Conrad nachmittags nach Mirow gefahren war, sodass er sich jetzt trotz der Dunkelheit gut zurechtfand. Als er auf die größere Straße kam, bog er aber nach rechts ab, von Mirow weg, zur Autobahn. Während er dem Berliner Regen entgegenfuhr, der sich bereits etwa auf der Höhe von Neuruppin einstellte, dachte er an Lillis Geburt. Oder vielmehr an das, was er davon gehört hatte, denn er war im entscheidenden Moment nicht erreichbar gewesen. Er hatte Jule am Morgen jenes Tages versprechen müssen, dass er in jedem Fall im Büro sein würde – aber dann war er doch unterwegs gewesen, eine alte Rechnung, nicht ungefährlich, aber er hatte sich nicht drücken wollen. Als er nach Hause gekommen war und festgestellt hatte, dass weder Jule noch die seit Tagen bereitstehende Krankenhaustasche da waren, hatte er natürlich in der Klinik angerufen, die sie vorher ausgesucht hatten, aber da war Jule nicht. Auch nicht in den anderen, die in der engeren Wahl gewesen waren. Also blieb ihm nichts, als zu warten. Nach Stunden war der Anruf gekommen, er habe eine gesunde Tochter, auch seiner Frau gehe es gut, er könne sie aber erst am nächsten Tag besuchen, da sie Ruhe brauche. In Wahrheit hatte Jule ihn nicht sehen wollen. Als die Wehen eingesetzt hatten und sie erkennen musste, dass sie ihren Mann nicht benachrichtigen konnte, hatte sie ein Taxi gerufen. Doch der Taxifahrer hatte sich geweigert, sie in diesem Zustand durch die halbe Stadt zu ihrer Wunschklinik zu kutschieren, zumal es in unmittelbarer Nähe gleich mehrere andere gab. Sie war zu panisch gewesen, um zu widersprechen, also brachte er sie kurzerhand in ein Krankenhaus, das gerade mal um ein paar Ecken lag. Dort war ziemlich viel Betrieb und nichts so, wie Jule es sich vorgestellt hatte. Über diesen Tag hatte Jule erst viel später sprechen mögen, erst nachdem sie Hella und Tim zur Welt gebracht hatte. Deren Geburten waren für Jule besser und leichter verlaufen, in ruhigerer Atmosphäre und sozusagen wunschgemäß – für Conrad gehörten sie gleichwohl zu seinen verstörendsten Erinnerungen. Sie waren in beiden Fällen in eine leicht esoterisch wirkende Klinik gefahren, deren hervorstechendste Eigenschaft die völlige Abwesenheit von Panik war. Was Jule hier nun mutig ertrug, war für Conrad nicht annehmbar gewesen. Schmerzen, die er ihr nicht abnehmen konnte, die er einfach mitansehen musste, ohne etwas dagegen tun zu können. Während Jule danach auch das Trauma der ersten Geburt weitgehend überwunden hatte, mochte er sich eigentlich an gar keine der drei Geburten erinnern. Immerhin, was Tim und Hella anging, hatte er nichts falsch gemacht, dagegen war die Sache mit Lilli trotz aller Erklärungen noch lange Zeit ein heikler Punkt zwischen Jule und ihm geblieben. Nun, das lag Jahre zurück. Lilli ging bereits in die Schule, seit dem Ende der Berliner Sommerferien nun schon in die zweite Klasse.

»Du miese Drecksau!«, fluchte Conrad laut, als er sich ins Gedächtnis rief, was Jule ihm erzählt hatte. »Dich zermatsch ich, von dir lass ich nichts übrig!«, schrie er die Windschutzscheibe an, über die ruhig und unbeirrt die Scheibenwischer zogen.

»Okay, ganz langsam«, rief er sich zur Ordnung, »was wissen wir?« Natürlich sprach vieles dafür, dass er, Conrad, das eigentliche Ziel dieses Vorfalls war. Er hatte so viele Feinde, dass er längst aufgehört hatte, sich irgendwie zu schützen – er hätte nicht mehr auf die Straße gehen dürfen. Das Einzige, was er hatte tun können, war, eine sehr hohe Lebensversicherung abzuschließen. Gut. Also, der Schuft wollte, dass Lilli Jule und ihm von ihrer Begegnung berichtete – so hatte Jule es jedenfalls dargestellt. Das könnte heißen, dass der Kerl es nicht wirklich auf Lilli abgesehen hatte, und dies wäre natürlich zunächst einmal beruhigend. Nur: Der Mann wollte doch wahrscheinlich irgendetwas erreichen. Er hatte aber keine konkreten Forderungen gestellt, folglich konnte er, Conrad, auch keine erfüllen. Das wusste der Kerl. Wenn das Ganze nicht nur ein schlechter Scherz war, sondern vielmehr ein ekelhafter aber folgenloser Racheakt, würde er wieder auftauchen, sich möglicherweise wieder an Lilli heranmachen – und diesmal würde er vielleicht weiter gehen.

10. Kapitel

Obwohl Conrad aus dem alten Gefährt herausholte, was es nur hergab, kam er erst mitten in der Nacht nach Hause. Es war still in der Wohnung, nur der Fernseher quasselte gedämpft vor sich hin. Die Kinder schliefen. Jule war zwar noch nicht ins Bett gegangen, weil sie ja auf ihn warten wollte, aber sie war vor dem Fernseher eingeschlafen.

»Ich hätte nicht geglaubt, dass ich schlafen könnte«, murmelte sie, als er sie sanft geweckt hatte.

»Vielleicht solltest du dich gleich wieder hinlegen. Du bist doch sehr müde und wir können auch morgen früh über die Geschichte reden«, antwortete Conrad ruhig.

»Nein. Lass uns auf den Balkon rausgehen. Ich will nur schnell nach den Kindern sehen.«

»Sie schlafen alle tief und fest, ich habe eben schon nachgesehen. Möchtest du eine Zigarette?«

»Ja. Und Bier. Teilen wir uns eins?«

Eigentlich rauchten beide längst nicht mehr, und Jule trank nur selten Bier. Es gehörte aber zu den alten Ritualen ihrer langen gemeinsamen Zeit, dass sie in vertrauten Momenten Bier aus einer Flasche tranken und abwechselnd an derselben Zigarette zogen. Als sie auf dem Balkon standen, schweigend rauchten und über die nächtlich stille Allee im Charlottenburger Westend und in den dunkel verhangenen Himmel sahen, von dem es jetzt nur unentschlossen nieselte, schien es Conrad absurd, dass er vor nicht einmal drei Stunden an einem fernen Seeufer die Möglichkeit in Betracht gezogen hatte, sich mit einem Callgirl einzulassen. So schön und so begehrenswert erschien ihm seine Frau, dass er von einem Augenblick auf den andern eine Erektion bekam.

»Nicht jetzt«, war alles, was Jule sagte, als er sich an sie schmiegte und ihm kam der Gedanke an das Callgirl wieder weniger abwegig vor.

»Schon gut, ich dachte, wir würden uns dann besser fühlen«, murmelte er. Sie sahen sich eine kleine Weile nicht an.

»Wo war es?«, fragte er dann. »Direkt hier vorm Haus?«

Jule nickte. »Sie hatte heute Nachmittag Susanne besucht. Es war kurz vor sechs, als sie hochgestürmt kam.«

»Und du glaubst, sie hat es nicht begriffen? Ich meine, dass es doch irgendwie bedrohlich war?«

»Nein, natürlich nicht. Sie war nur etwas erstaunt, aber sonst guter Laune.«

»Na, das ist doch immerhin etwas«, sagte Conrad. »Jetzt kommt es darauf an, dass wir nicht panisch werden – denn das würde sie dann schon merken, und die beiden Kleinen wahrscheinlich auch.«

Jule nickte. »Ja, aber was machen wir?«

Wieder sahen beide eine Zeitlang in den Himmel.

»Ich habe noch keine besondere Idee. Erst möchte ich morgen mal mit Lilli sprechen. Wenn wir Glück haben, kann sie mir etwas sagen, das mich gleich auf den richtigen Typen bringt. Wäre ein großer Zufall, klar, aber wenn es so wäre, hätte sich die Sache damit schon so gut wie erledigt.«

»Du meinst, du kennst ihn?«, fragte Jule überrascht.

»Ich weiß es nicht. Es wäre möglich. Sieh mal, es gibt doch viele, die Grund haben, mich nicht zu mögen.«

»Und dann vergreifen sie sich an unseren Kindern?«

»Nein, nein. Höchstwahrscheinlich nur leere Drohungen. Jemand will mir etwas heimzahlen, ist aber eigentlich zu feige, also macht er es auf die miese Psychotour. Vielleicht hören wir von dem nie wieder was.« Conrad war keineswegs überzeugt von dieser Version, aber sollte er Jule noch mehr aufregen, indem er ihr ungleich schlimmere Szenarien vor Augen führte?

»Ja, vielleicht«, antwortete sie, »hoffentlich – aber das reicht nicht. Wir können doch nicht einfach abwarten und nichts tun!«

»Das sag ich ja gar nicht. Lass uns morgen weitersehen.«

Jule seufzte.

»Jedenfalls schicken wir Lilli morgen nicht in die Schule.«

11. Kapitel

Conrad konnte nicht schlafen. Als er Jule neben sich endlich regelmäßig atmen hörte, stand er leise wieder auf und wanderte, ohne Licht zu machen, durch die Wohnung. Sie war wegen der Straßenbeleuchtung draußen niemals völlig dunkel. Sie wohnten schon ziemlich lange hier, fast zehn Jahre. Damals war die Wohnung ihnen riesig erschienen mit ihren dreieinhalb hellen Zimmern, den hohen Türrahmen und noch viel höheren Decken, dem lang gestreckten Flur, zwei Balkonen, dem geräumigen Bad und der noch größeren Küche. Jetzt, mit drei Kindern, war alles viel zu klein geworden. Jeder verfügbare Platz war ausgefüllt mit Kleiderschränken und Spielzeugkommoden, Schuhregalen und Geschirrvitrinen. Dann Bücher, fast alle Jules, außerdem mehrere Meter Kinderbücher. Kopfschüttelnd stand Conrad davor. Und die Mehrzahl dieser Bilderbücher hatten seine Kinder zigmal, manche sogar einige hundertmal angesehen. Selbst er konnte bei fast jedem die Anfangssätze auswendig. Überall lagen Spielzeuge, Puppen und Puppenteile sowie Puppenkleider und Teile von Puppenkleidern. Buntstifte, Wachsstifte, Filzstifte. Bauklötze, Eisenbahnschienen,

Legosteine. Bälle, Flummis, Murmeln. Zeichenblöcke und Malbücher, Stapel fertiger oder unvollendeter Bildwerke quollen über Kindertische, darauf balancierten in subtilem Gleichgewicht Farbkästen, Pinsel und Gefäße mit bedrohlich gefärbten Flüssigkeiten. Die Kinder schliefen alle zusammen in einem Zimmer. Lilli hatte es bisher immer abgelehnt, ein eigenes Schlafzimmer zu beziehen, obwohl Jule es ihr mehrfach angeboten hatte. Für Hella und Tim gab es ohnehin keinen Bedarf an separaten Zimmern, da sie immer alles gemeinsam taten. Meist kroch Tim nachts sogar zu Hella ins Bett. So gesehen hatte die Wohnung also durchaus genügend Räume – nur gab es keine klassischen Kinderzimmer. Stattdessen gab es zwei Schlafzimmer, eines für die Kinder und eines für die Eltern, und sonst lauter gemeinsam benutzte Bereiche – was zur Folge hatte, dass sich alles überall verteilte und durchmischte. An den Wänden konnte neben der gerahmten Van Gogh-Reproduktion ein Sammelsurium bunter Kopffüßler hängen. Irgendwann hatte Conrad das gute Stück, ein Geschenk seiner Mutter, dann allerdings doch abgenommen – nicht so sehr, weil es sich mit den Kopffüßlern nicht vertragen hätte, sondern weil ihn gerahmte Van Gogh-Reproduktionen ohnehin nervten. Immerhin gab es auf diese Weise kein steriles und in der Regel ungenutztes »Wohnzimmer« wie bei den meisten Leuten. Nein, es gefiel Conrad sehr gut hier, er liebte diese Wohnung, und er liebte die Selbstverständlichkeit, mit der die Kleinen sie sich angeeignet hatten. Vorsichtig betrat er das Kinderschlafzimmer. Tim lag in Hellas Bett, auch sein Rehkitz hatte er wie gewöhnlich mitgebracht. Hella hatte sich aus seiner Umklammerung halb gelöst, war dabei jedoch teilweise aus dem Bett gefallen, das heißt, einzelne Körperteile von ihr lagen auf ihrer offenbar bereits zuvor aus dem Bett geworfenen Decke am Boden. Es war Conrad zwar unbegreiflich, wie jemand so schlafen konnte, aber er hütete sich davor, Hella in eine bequemere Lage zu bringen, er hätte sie wahrscheinlich nur aufgeweckt. Lilli schlief in ihrem Bett an der gegenüberliegenden Wand. Sie hatte sich im Gegensatz zu den Geschwistern mit Sicherheit keinen Zentimeter bewegt, seit sie eingeschlafen war. Stets wachte sie morgens exakt so auf, wie sie sich abends hingelegt hatte, sie schlief wie ein Bär. Über ihrem Bett war die Wand bereits mit den grinsenden Konterfeis der Mitglieder einer obskuren Boygroup gepflastert. Die sonst weithin obligatorische Pferdephase hatte sie überraschenderweise ausfallen lassen. Hella und Tim hielten es noch mit unschuldigen Tierbabies und selbstgezeichneten Flugzeugen. Ein bisschen gerührt und vielleicht auch ein bisschen sentimental lächelnd verließ Conrad den Raum, nahm ein Bier aus dem Kühlschrank, ermahnte sich pflichtschuldigst, endlich weniger zu saufen und setzte sich dann gähnend an den Küchentisch. Hier hinein, in diese Welt, die als einigermaßen heil anzusehen er ein paar gute Gründe zu haben glaubte, war das da draußen noch nie gedrungen. Das da draußen, wogegen er beruflich zu kämpfen hatte, und was ihn und diese heile – oder beinahe heile – Familienwelt zugleich ernährte. Natürlich war es eine paradoxe Situation, das Verbrechen bekämpfen zu wollen und gleichzeitig von der Existenz eben dieses Verbrechens leben zu müssen.

Er kannte etliche Bullen, die an diesem Widerspruch irre geworden, durch ihn korrumpiert oder schlicht zu Zynikern geworden waren. Einige waren selbst Verbrecher geworden. Unter diesen wiederum gab es sogar welche, die trotzdem noch immer in Amt und Würden waren. All das war von jeher bedrückend gewesen und er konnte wirklich nicht sagen, dass die Sache im Laufe der Jahre einfacher geworden wäre. Von einem ernsthaften Glauben an Recht, Gesetz oder gar Gerechtigkeit konnte bei ihm jedenfalls schon lange nicht mehr die Rede sein. Aber es war auszuhalten gewesen. Er hatte einfach eine Trennlinie zwischen Beruf und Privatleben gezogen, um nicht ständig vor einem unlösbaren Problem zu stehen. Dass er sie überhaupt hatte ziehen können, soviel wurde ihm jetzt klar, war aber nicht selbstverständlich. Wenn er die Dinge nicht falsch einschätzte, wollte sich hier jemand an ihm, Hans Conrad, an der Polizei, an gesellschaftlichen Umständen oder sozialen Missständen oder an sonst irgendetwas rächen. Aber doch nicht an seinem Kind! Wer auch immer dieser miese Typ sein mochte, die kleine Lilli konnte ja wohl nicht an seinen Problemen schuld sein. Dennoch belästigte der sie. Die Grenze, die Familienleben und das da draußen voneinander geschieden hatte, war zerrissen. Diesmal wurde es persönlich. Conrad ballte die Faust.

»Dich krieg ich. Und dann mach ich dich fertig.«

12. Kapitel

Das Gespräch mit Lilli ergab nicht viel Neues. Dass jemand, ein Pilot nämlich, gestorben wäre, wenn Lilli die »Grüße« des Unbekannten nicht ausgerichtet hätte, war natürlich Blödsinn, was sie enttäuschend fand und nicht recht glauben wollte. Conrad bat seine Tochter, den Mann so genau wie möglich zu beschreiben. Sie sagte, er sei nett gewesen, konnte aber sonst kaum brauchbare Merkmale benennen. Jeans, kurze Haare, groß, das war alles.

»Blaues Hemd?«

»Ja.«

»Brille?«

»Nö.«

»Und was für eine Hose?«

»Na so Jeans. So wie deine.«

»Wie war das noch – ein grünes Hemd?«

»Ja.«

Conrad seufzte. Er kannte das. Bei Kindern war es normal, sogar bei Erwachsenen kam es häufig vor. Dabei hatte Lilli eigentlich eine hervorragende Beobachtungsgabe. Nur hatte sie auf die äußere Erscheinung des Mannes offenbar nicht geachtet. Dafür hatte sie das

Gespräch mit ihm wahrscheinlich Wort für Wort korrekt wiedergegeben. Auch dass er zu Fuß unterwegs gewesen war, oder nach dem Wortwechsel zumindest nicht unmittelbar auf ein Fahrzeug zugegangen war, konnte Conrad als Tatsache verbuchen. In diesen Dingen war Lilli einfach sicher und es gab keinen Grund, an ihren Angaben zu zweifeln.

»Außerdem hat er ein bisschen komisch gesprochen.«

»Wie meinst du das?«

»Nicht so wie wir.«

»Vielleicht ein fremdländischer Akzent?«

»Wie?«

»Ähm – na so ein bisschen wie ausländisch?«

»Ja.«

»So wie Helen?«

»Nö.«

»Wie Damir?«

»Nö.«

Mehr ausländische Freunde fielen Conrad nicht ein. Jule kam in die Küche. Sie hatte Hella und Tim in den Kindergarten gebracht. Fragend sah sie Conrad an.

»Und?«

Aber er zuckte nur die Achseln.

»Ich werde nachher ein paar Fotos aus dem Archiv holen. Vielleicht ist er ja dabei …«

Später ging er hinunter auf die Straße und kaufte ein paar Zeitungen einschließlich aller mecklenburgischen Lokalblätter, derer er habhaft werden konnte. Das Geschäft führte erstaunlich viele davon. Mit dem dicken Packen ging er wieder hinauf, setzte sich auf einen hinreichend großen freien Fleck mitten auf dem Flur und riss alle Seiten heraus, auf denen etwas über den Fall Struve zu finden war. Den Rest knüllte er in den Müllbehälter, von dem er annahm, dass er für so was vorgesehen sei, und begann zu lesen. Erwartungsgemäß konzentrierten sich die Berichte auf die Panne mit den Streifenbeamten. Mal genüsslich und süffisant, mal besorgt oder gar empört (»Und wer bezahlt diese Leute?«) schlachtete man die Sache aus, und meist fehlte auch der Hinweis auf einen offenbar wenig motivierten »Berliner Spezialisten« nicht. Seinen Namen erwähnte keines der Blätter, was darauf schließen ließ, dass weder Bode noch der Alte im Büro, Herr Holm, ihn herausgerückt hatten. Dafür würde Conrad ihnen danken. Dennoch hätte sein Name bekannt werden können, da er sich erinnern konnte, ihn selbst vor sämtlichen Zeugen und Schaulustigen den beiden Beamten der Streife genannt zu haben. Zum Glück hatte sich ihn offenbar niemand gemerkt. Über Struve war zu erfahren, dass er so bedeutende Dokumentarstreifen wie *Unter dem Meeresspiegel – Leben in den Niederlanden* gedreht hatte. Dagegen war nichts zu sagen, allerdings fiel den Journalisten dazu weiter auch nichts ein. Deshalb hatten sie noch ein paar nichts sagende Fotos eingescannt: Segelboot auf der Müritz, gestikulierende Badegäste mit Bierbäuchen vor ihren Zelten, die Duschbaracke von außen, davor der dämliche Wichtigtuer (»Unser Bild zeigt den Zeugen Heinrich Lowitz nur wenige Meter vom Ort des grausigen Geschehens entfernt«).

»Na, das war ja wohl nichts«, dachte Conrad laut.

Jule fragte: »Was machst du da eigentlich die ganze Zeit?« Sie blickte irritiert auf die albernen Fotos. Dann las sie eine der Überschriften: »Mord an der Müritz« stand da. Sie sah Conrad skeptisch an. »Wo bist du gestern eigentlich gewesen? Sag jetzt bloß nicht, da!« Sie tippte auf einen der Artikel. Da Conrad nicht antwortete, stöhnte sie. »Ist das wirklich nur ein Zufall, oder warst du von vorneherein im Einsatz da?«

»Ein Zufall, ehrlich. Aber jetzt ...« Er erzählte, was passiert war. Sie waren in die Küche gegangen, er machte nebenher Kaffee. Wenn er für Jule Kaffee machte, tat er es mit großer Sorgfalt, ganz anders als gestern im Wohnmobil. Jule konnte stundenlange Vorträge zu diesem Thema halten. Er würde noch lange üben müssen, um es auf diesem Gebiet so weit zu bringen, wie sie es sich vorstellte. Zunächst die richtigen Bohnen aussuchen. Es gab verschiedene Sorten, scharf und weniger scharf geröstete, hellere und dunklere, außerdem auch mit Zimt oder Vanille aromatisierte. Mahlen, wobei der Feinheitsgrad wiederum sortenabhängig zu wählen war. Dann stellte sich die Frage, ob Milch aufgeschäumt werden sollte. Conrad entschied sich für türkischen Mocca versetzt mit ein wenig Cognac. Man durfte den Cognac nicht schmecken, nicht einmal richtig riechen, es musste noch weniger sein. Die Wirkung sollte erst im Magen spürbar sein, indem die Wucht des scharfen Mocca abgemildert und gleichsam weichgespült würde. Während Conrad erzählte und hantierte, saß Jule am Küchentisch und blickte aus dem Fenster. Lilli setzte sich dazu. Sie hatte auf ihre Frage, warum sie heute nicht zur Schule gehen müsse, keine vernünftige Antwort bekommen können, weder von der Mutter noch vom Vater. Zunächst war es ja ganz nett gewesen, die

gesammelten Ausgaben ihrer bevorzugten Mädchen-
zeitschrift der letzten Monate noch einmal durchzu-
blättern, aber jetzt langweilte sie sich. Conrad versuchte, solche Details, die ihm für die Ohren seiner ältesten
Tochter ungeeignet schienen, zu umschiffen und wechselte sogar manchmal ins Englische – wobei ihm wieder
einmal auffiel, wie peinlich schlecht seines geworden
war. Als er seinen Bericht beendet hatte, war es Lilli, die
fragte: »Und? Hast du ihn angerufen?«

Conrad verstand nicht gleich.

»Na, den Mann, mit dem du eigentlich dahin fahren
wolltest, wo jetzt der tote Mann ist.«

»Ah, Kommissar Bode meinst du. Nein, hab ich nicht.
Aber das ist tatsächlich eine gute Idee. Ich werd's versuchen. Weißt du, ich habe keine Telefonnummer, unter der ich ihn erreichen könnte, aber die Dienststelle in
Neustrelitz kann mir sicher eine geben.«

Jule stippte einen dieser vorzüglichen, extraharten
Cantuccini in ihren Mocca, diese Dinger, von denen
Conrad nie herausbekam, wo man sie kaufen konnte.
Sie sah noch immer aus dem Fenster und sagte nichts.
Conrad wusste, was sie dachte; dass er sich lieber um
den Kerl kümmern solle, der Lilli bedroht hatte, statt
mit einem Kollegen, der ihn nichts anging, über einen
Fall zu konferieren, der ihn ebenfalls nichts anging.

»Aber jetzt hab ich erst mal was anderes zu erledigen«, fügte er an Lilli gewandt hinzu. Jetzt endlich
blickte Jule auf. Sie nickte. Er küsste Frau und Tochter
und verließ dann die Wohnung.

13. Kapitel

He, Kollege! Gehst du schon ganz allein in den Kindergarten?«

»Klar!«

»Ganz schön erwachsen, Mann. Kennst du eine Hella in deinem Kindergarten?«

»Klar! Du bist aber groß!«

»Äh, was? Ja ... Gibt's davon nur eine?«

»Aber du sprichst ganz schön komisch. Bist du ein Ausländer?«

»Nee, ich dachte, du wärst – also du siehst so aus, als ob deine Eltern nicht aus Deutschland stammen. Aber ich wollte dich was anderes ...«

»Meine Mama ist aus Izmir aber mein Papa ist aus der Türkei. Warst du da schon mal? Ich war da schon manchmal. Da ist immer schönes Wetter.«

»Ja. Nein. Ich war da noch nicht. Aber sag mal, gibt es nur eine Hella in deinem Kindergarten? Und hat sie einen Bruder, der Tim heißt?«

»Ähm, wir haben drei Tims und drei Moritz, also Moritz Lang, Moritz Schenkendorf ...«

»Gut, okay, stop mal ...«

»... und Moritz May.«

»Aber nur eine Hella Conrad.«

»Ja.«

»Aha. Kannst du … Nein, das kannst du wohl nicht …«

»Was? Was denn?«

»Kannst du Hella einen kleinen Brief geben, aber so, dass sie es gar nicht merkt? Das ist natürlich sehr schwierig. Irgendwie in ihre Jacke stecken oder so?«

»Klar kann ich das, is doch Babykram!«

»Na, dann zeig mal, wie du das hinkriegst. Hier.«

14. Kapitel

Es herrschte eine Affenhitze im Büro. Conrad hatte einen ganzen Karton voll Archivfotos gepackt – die würde er Lilli nachher durchsehen lassen. Die Fragen der Kollegen, die das Büro mit ihm teilten, hatte er freundlich abgewimmelt. Jetzt konnte er eigentlich wieder gehen, aber noch stand er nachdenklich vor seinem Schreibtisch und spielte mit seinem Schlüsselbund. In der verschlossenen Schublade lag seine 9-mm Automatik. Eigentlich durfte sie nicht dort liegen, er musste sie in einem besonderen Schließfach aufbewahren, wie alle anderen »Waffenträger« der Polizei auch. Aber diese Fächer befanden sich ein paar Meter den Flur hinunter, deshalb lagerte er die Waffe meist hier. Er zögerte. Nein, lieber nicht. Wahrscheinlich war die Sache doch unbedeutend, und andere Väter würden sich in einer vergleichbaren Situation hoffentlich auch nicht sofort mit einem fetten Walther-Selbstlader oder etwas Ähnlichem ausrüsten. Im Grunde mochte Conrad nicht bewaffnet herumlaufen. Er fühlte sich ohne Pistole eigentlich viel sicherer – oder jedenfalls zivilisierter. Außerdem hatte er, verflixt noch mal, Urlaub!

Er hätte es leicht vermeiden können, seinem Vorgesetzten Hauptmann zu begegnen. Schließlich stand der den lieben langen Tag mit Feldherrenmiene vor der Fensterfront seines geräumigen Büros im sechsten Stock und sah hinunter auf die Straßen der Stadt. Seiner Stadt, wie seine Haltung auszudrücken schien. Einem plötzlichen Impuls nachgebend, fuhr Conrad mit dem Fahrstuhl hinauf. Wenn er schon hier war, konnte er den ersten Bericht von den Geschehnissen in Mecklenburg auch gleich mündlich abliefern. Überdies hatte er seinem Chef ja zu erklären, dass er seine Mitwirkung an den dortigen Ermittlungen unterbrechen, wenn nicht gar gänzlich einstellen müsse.

»Was suchen Sie denn hier? Das könnte Ihnen so passen, Conrad!«

Der »Erste Hauptkommissar« Hauptmann hatte tatsächlich am Fenster gestanden, als sein »Vorzimmerfrollein«, wie er die wenig zu beneidende Frau Fenske stets titulierte, Conrad anmeldete. Er hatte seine Figur etwas gestrafft und eine Hand zu einer sinnierenden Pose an die Stirn gehoben. Dann hatte er »bitten lassen«.

Eine ganze Weile blieb Hauptmann in dieser Stellung, die er nicht zuletzt wegen des Gegenlichts, in dem er wohl einen markanten Schattenriss zu werfen hoffte, für sehr wirkungsvoll zu halten schien. Zum Glück kannte Conrad diese Masche zu Genüge, andernfalls hätte er lachen müssen. Er wusste jedoch wie alle seine Kollegen auch, dass Hauptmanns Komik nicht vollständig unfreiwillig war. Hauptmann war auf eine gewisse Art sehr schlau, und sie hatten nie genau bestimmen können, wo die Grenze zwischen gespielter und tatsächlicher Indifferenz bei ihm eigentlich verlief. Zwar tat er alles, um wie ein ebenso hart gesottener wie lachhafter Misanthrop zu wirken, doch konnte man ihm originellerweise eine manchmal geradezu väterlich anmutende Fürsorge gegenüber seinen Untergebenen nicht absprechen: Wenn es wirklich hart auf hart kam, stellte er sich stets vor seine Leute. Zudem hatte Hauptmann einige derer, die im Alltag bevorzugt von ihm abgekanzelt wurden, vorzeitig zur Beförderung vorgeschlagen. So auch Conrad, der, ohne sich jemals so zu bezeichnen, auf diese Weise schon vor Jahren Oberkommissar geworden war und vermutlich bald zum Hauptkommissar aufsteigen würde, wenn auch zu keinem »Ersten«. All dies änderte nichts daran, dass Hauptmann im Normalfall schlicht unausstehlich war.

Natürlich ließ Conrad sich von der niederschmetternden Tristesse des Büros seines Vorgesetzten nicht mehr beeindrucken. Der Raum war deutlich größer, als die meisten anderen Büros, doch war er darum nicht schöner. Vielmehr unterschied er sich von der von grünlich flackernden Leuchtstoffröhren zusätzlich verstärkten allgegenwärtigen Schäbigkeit deutscher Amtsstuben, wie sie auch in Conrads Büro anzutreffen war, durch eine ganz offensichtlich kostspielige Ausstattung. Letzteres allerdings unter vollständiger Abwesenheit jeglichen Geschmacks – das Ganze erinnerte trotz einiger greller Farbtupfer fatal an die irgendwie schmierige Stimmung im Empfangsraum eines Bestattungsunternehmens. Die Gestaltung dieses Raumes war ohne jeden Zweifel Hauptmanns ganz persönliches Werk.

»Erst brocken Sie mir die Suppe ein, und dann wollen Sie sich davonstehlen, hä? Haben Sie Radio gehört? Haben Sie die Zeitungen gelesen? Keine hat es ausgelassen, keine! Dass Sie es zugelassen haben, dass da so an der Leiche herumgedoktert wurde, fällt auf dieses Kommissariat zurück. Und wer repräsentiert das? Wer muss den Kopf hinhalten, die Schlacht schlagen? Hören Sie Conrad, es ist ja nichts Neues, dass Ihnen der Blick für die übergeordneten Dinge fehlt. Das Verständnis für Fragen von politischer Tragweite geht Ihnen bedauerlicherweise völlig ab. Menschenskind, Sie sind und bleiben eben ein verdammter Straßenbulle. Aber dann zeigen Sie wenigstens so viel Pflichtgefühl und werfen mir nicht auch noch Knüppel zwischen die Beine, während ich versuche, für Sie die Kartoffeln aus dem Feuer zu holen! Ich erwarte, dass Sie denen da in Mecklenburg helfen, und nicht nur das: Ich erwarte, dass Sie den Täter überführen! Die Scharte wieder auswetzen, auf Ihrem Gebiet, mit Ihren – zugegeben – etwas begrenzten Mitteln. Ich selbst werde indessen höherenorts sehen, was getan werden kann, um den zu erwartenden Angriffen, die Sie da provoziert haben, die Spitze zu nehmen und ...«

»Abzubrechen«, hüstelte Conrad.

»Was war das? Womit beliebten Sie, mich zu unterbrechen?«

»Es heißt ›den Angriffen die Spitze abbrechen‹. Sie hätten auch sagen können ›den Angriffen die Schärfe nehmen‹. Indem Sie aber sagten ›den Angriffen die Spitze nehmen‹, vermischten Sie zwei Redewendungen miteinander, wie es den Leuten häufig ...«

Viel weiter kam Conrad natürlich nicht. Den über ihn hereinbrechenden Tiraden über das unverschämte Verhalten und die unerträglich spitzfindigen Betrachtungen des heutigen renitenten und überdies unfähigen Personals hörte er zwar kaum zu, sah aber dabei seinem Chef freundlich ins Gesicht. Zweifellos war Hauptmann in Topform. Schließlich beruhigte er sich so weit, dass er Conrads mündlichen Bericht zum Stand der Dinge an der Müritz entgegennehmen konnte, den dieser so langweilig und nichts sagend wie irgend möglich ausfallen ließ. Danach hörte er sich auch Conrads Erläuterungen bezüglich seiner hastigen Rückkehr an.

»Nun ja«, murrte er, nachdem Conrad damit fertig war.

»Zu diesem Schweinkram mit Ihrem Kind da – da kann man ja wohl nicht viel zu sagen. Bedauerlich. Unappetitlich, gewiss. Aber schließlich ist nichts passiert. Sie sollten das nicht höher hängen, als es gehört. Und es entbindet Sie nicht von Ihren Pflichten. Leider dokumentiert Ihr Bericht nichts als die Vernachlässigung eben jener. Ich weigere mich, dies in schriftlicher Form nochmals zur Kenntnis nehmen zu müssen.«

Hier zauberte Conrad gekonnt einen Ausdruck des Bedauerns in sein Gesicht: »Aber Herr Hauptkommissar Hauptmann, ich würde sehr gern ...«

»Sie haben also schlicht noch gar nichts unternommen«, fiel ihm Hauptmann wütend ins Wort, »und das wird sich schleunigst ändern. Sie fahren selbstverständlich wieder dahin, nach ... na, wo das da ist, das blöde Kaff, und zwar noch heute! Wenn ich daran denke, wie freundlich die Polizei von dort gestern Morgen um Ihre Mithilfe gebeten hat, Conrad, und wie Sie es denen vergelten! Einfach abzuhauen! Das hat keinen Stil. Dabei waren die wirklich sehr freundlich, erst der Kommissar von da, Bader oder so …«

»Bode«, verbesserte Conrad.

»Ja, egal, also Bode, bisschen förmlich vielleicht, aber dann diese Sekretärin oder was das war, die danach noch mal angerufen hat, wegen weiterer Informationen zu Ihrer Person oder so, die war ausgesprochen nett, also die war einfach Zucker. Und Sie verschwinden einfach! Also ich muss schon sagen …«

Conrad hörte nicht auf das, was sein Chef »schon sagen musste«. Er ging ein paar rasche Schritte auf Hauptmann zu, bis er ganz dicht vor ihm stand.

»Wer war das?«, fragte er leise, wobei er aber jedes Wort betonte. »Wer war das, und was wollte die wissen?«

»Ach Herrgott, was wollte die alles wissen! Irgendwelchen Formalkram wegen der Amtshilfe eben. Wegen der Länder übergreifenden Zusammenarbeit verschiedener Polizeibehörden – was weiß ich, die haben es wohl ziemlich kompliziert damit in Mecklenburg. Schließlich meinte sie, es sei wohl am einfachsten, wenn wir ihr die ersten paar Seiten aus Ihrer Personalakte rüberfaxen und das hat Frollein Fenske dann auch gemacht. Jedenfalls, was ich sagen wollte: Sehr freundlich, ach was: Wirklich süß! Ja, warten Sie mal, wo wollen Sie denn hin? He, Conrad! Also, da hört sich ja nun doch alles …«

15. Kapitel

Conrad hatte eine Fortsetzung der Unterhaltung mit Hauptmann für sinnlos gehalten und war zurück ins Vorzimmer gegangen. Er fragte Frau Fenske nach der Nummer, an die sie gestern seine persönlichen Daten gefaxt hatte. Sie war etwas verlegen:

»Tja, 'n bisschen merkwürdig fand ich das ja schon, aber Herr Hauptmann versicherte, es sei alles in Ordnung. Stimmt irgendetwas nicht damit?«

»Doch doch, alles ganz okay«, murmelte Conrad. Dann sah er auf den Zettel, den Frau Fenske ihm nach kurzem Suchen rüberschob. Die Vorwahl war die von Neustrelitz.

»Und der Name? Sie muss doch einen Namen genannt haben?«

»Ja sicher, sie hieß Neumann. Mitarbeiterin eines Kommissars namens Bode. Kam mir wie gesagt eigentlich komisch vor, aber …«

»Danke, Frau Fenske. Könnten Sie mir jetzt noch die Rufnummer des Reviers in Neustrelitz heraussuchen? Ja, und dann würde ich die Seiten meiner Akte, die Sie denen gefaxt haben, gern auch mal sehen.«

Frau Fenske zog einen ziemlich dicken Schnellhefter aus dem Schrank hinter ihrem Schreibtisch.

»Das ist aber eigentlich nicht üblich«, flüsterte sie mit besorgtem Blick zur geschlossenen Tür von Hauptmanns Büro. Man hörte ihn mit lauter Stimme etwas ins Diktiergerät sprechen. Er pflegte von Zeit zu Zeit gehässige Beurteilungen in die Personalakten seiner untergeordneten Mitarbeiter einzufügen, die sie jedoch nicht lesen durften.

»Kein Problem, es dauert nur einen Moment. Welche Seiten waren es denn?«

»Die ersten drei.« Erwartungsgemäß fand sich hier alles, was es an privaten Daten über Conrad gab. Wohnort, Familienstand, Name der Ehefrau, Anzahl der Kinder mit Geburtsdaten.

»Gut, das wär's schon.« Conrad gab den Hefter zurück und Frau Fenske hängte ihn wieder an seinen Platz im Aktenschrank. Dann gab sie ihm auch die Telefonnummer der Kripo Neustrelitz. Er verabschiedete sich und konnte, nachdem er die Tür hinter sich geschlossen hatte, gerade noch hören, wie Hauptmann ins Vorzimmer kam und in ungehaltenem Tonfall die Personalakte Hans Conrad verlangte. Er habe da etwas diktiert, das Frollein Fenske bitte sofort tippen und einfügen solle.

Zurück in seinem Büro rief Conrad sofort in Neustrelitz an und ließ sich, da Bode nicht im Hause war, dessen Mobilnummer geben.

»Hallo Conrad! Was ist denn mit Ihnen los? Ich hatte mir doch wirklich eingebildet, mein hübscher R4 hätte Ihr Interesse geweckt. Stattdessen versetzen Sie mich einfach.«

»Tut mir wirklich leid, Bode. Blöde Sache, und ich hatte Ihre Nummer nicht. Haben Sie meine Nachricht wenigstens gleich bekommen?«

»Ja ja, kein Problem, und der kleine Schlenker zum Campingplatz hatte auch so seinen Sinn. Ich wollte sowieso noch mit einigen Leuten dort reden. Ja, nun stehe ich also gerade in der Neubrandenburger Pathologie sozusagen im Angesicht des Todes, obwohl ich gar nicht so richtig weiß, wieso. Schließlich waren Sie es, der Struve noch mal in Augenschein nehmen wollte. Ich muss sagen, er hat sich seit gestern nicht sehr verändert. Abgesehen natürlich von den geschmackvollen Sachen, die Dr. Voigt hier mit ihm so anstellt.«

»Ach, Sie sind trotzdem hingefahren?«

»Ich wollte wissen, was Sie daran so wichtig finden. Gott, hat der 'ne dicke Leber!«

»Bitte? Ach so. Ja, kann ich Ihnen eigentlich nicht konkret sagen. Manchmal fällt einem eben etwas auf … fragen Sie dem Doktor einfach Löcher in den Bauch. Würde ich jedenfalls machen. Aber jetzt zu etwas anderem – haben Sie tatsächlich eine Sekretärin? Eine Frau Neumann?«

»Wie bitte, eine Sekretärin? Bin ich Jesus? Nein, natürlich nicht. Sie etwa? Ich meine, Sie sind doch auch bloß ein normaler Kommissar, oder?«

»Ja, also das heißt nein, ich habe auch keine, deshalb hat mich das ja so gewundert. Es schien mir nicht sehr wahrscheinlich, dass ihr in eurem Laden so viel Geld habt …«

»Was hat Sie gewundert? Ich verstehe gar nichts. Wer ist Frau Neumann?«

»Woher soll ich das wissen?«

»Conrad, alter Junge, ist bei Ihnen alles in Ordnung?«

»Nein. Offen gesagt ist bei mir nicht alles in Ordnung. Kann ich Ihnen jetzt nicht erklären, ich ruf später wieder an. Aber eine Sache wäre da, die Sie vielleicht schon mal klären könnten. Ginge das? Haben Sie was zu schreiben? Es ist eine Faxnummer, ich möchte wissen, wessen Gerät das ist, okay? Die Nummer ist null-drei-neun-acht-eins, also Neustrelitz, und dann ...«

»He, langsam! Ich bin noch gar nicht so weit, und der Doc ist gerade verschwunden – Herr Struve, wären Sie vielleicht so freundlich, mir einen Kugelschreiber ... ah, da liegt was. Also ...«

Conrad gab Bode die Nummer und legte dann auf. Die Kiste mit den Archivfotos, die er Lilli hatte zeigen wollen, konnte er nun wohl hier lassen. Er schloss die Schublade seines Schreibtischs auf und nahm die Pistole heraus.

16. Kapitel

Die Berliner Mordkommission war in insgesamt neun Kommissariate aufgeteilt, von denen Hauptmann eines leitete. Sie befand sich in einem nur mäßig hässlichen Gebäude in Tiergarten, Keithstraße, einige Straßen vom Zoo entfernt. Der Rückweg ins Westend wäre mit der S-Bahn schneller zurückzulegen gewesen. Dennoch nahm Conrad den Bus und setzte sich nach oben in die vorderste Reihe, wo man die Füße bequem aufstützen kann und eine gute Übersicht hat. Er mochte das, und auch wenn es kein eben lässiges Verhalten war, sich mit den Touristen um diese beliebten Sitze zu drängen, tat er es häufig und ungeniert. In vielerlei Hinsicht fühlte er sich sowieso immer noch als Ortsfremder. Denn obwohl er seit zwölf Jahren in Berlin lebte, würde er nie ein Berliner werden. Die längste Zeit hatte er in Hamburg gewohnt, und davor in seinem Geburtsort, einer kleinen Stadt, die damals noch am Meer gelegen war, und die sich inzwischen einige Kilometer von der Küste entfernt im Inland befand. Dieser Umstand war auf ein großflächiges Landgewinnungsprojekt zurückzuführen, dessen Ergebnissen Conrad weder wünschte noch zutraute, von Bestand zu sein.

»De Nordsee holt sich dat man allens wedder«, lautete schon in seiner Kindheit eine stehende Wendung. Einmal nur hatte er dieses ehemalige Hafenstädtchen wieder besucht. Verrottete Kähne standen dort, wo früher mal Wasser gewesen war, auf Weideland herum. Dieser Anblick wirkte auf ihn wie eine Beleidigung seiner Kindheitserinnerungen, und so kam er nie mehr in dieses Fleckchen.

Während er daran zurückdachte, fiel Conrad der Titel des Dokumentarfilms von Struve ein, den er vorhin gelesen hatte: *Leben unter dem Meeresspiegel*. Hm. Sollte er sich vielleicht mal ansehen. Überhaupt mal in Babelsberg nach diesem Herrn Professor fragen. Nach den freundlichen Eröffnungen, die Hauptmann ihm gemacht hatte, konnten kaum Zweifel daran bestehen, dass die Bedrohung Lillis mit diesem Mord zusammenhing. Jemand, der damit zu tun hatte, wollte ihn ablenken, das war alles. Nur wer? Und warum ihn? Und würde Jule zu überzeugen sein? Es schien ihm unwahrscheinlich, dass sie ihn einfach wieder davonfahren lassen würde, um die Ursache des Übels irgendwo an der Müritz zu suchen, während hier in Berlin vor ihrer Haustür sich jemand an ihre Tochter heranmachte. Aber er musste einfach. Ganz abgesehen davon, dass der Chef ihn ausdrücklich dazu angehalten hatte, war er schlicht heiß auf diese Sache. Okay, es wäre sicher angenehmer gewesen, er wäre nicht hier hineingeraten. Er hätte vorgestern Abend nur einen Campingplatz früher oder später von der Straße runterfahren müssen. Hatte er aber nicht gemacht. Und deshalb war dies jetzt auch sein Fall.

17. Kapitel

Zu Hause waren Jule und alle drei Kinder in der Küche versammelt. Jule war offensichtlich sehr aufgeregt, obwohl sie versuchte, es vor den Kleinen zu verbergen.

»Sieh dir das an«, sagte sie und hielt Conrad ein Blatt Papier hin. Sie hatte zusammen mit Lilli Hella und Tim aus dem Kindergarten wieder abgeholt und es dann in Hellas Brottasche gefunden. Es war ein minderwertiger Computerausdruck, sicher an irgendeinem handelsüblichen Allerweltsmodell hergestellt. Conrad las:

> Ene mene mu
> Raus bist du
> Ene mene meck
> Ist Hella weg

Er stöhnte.

»Ich werde sofort im Kindergarten anrufen.«

»Habe ich schon gemacht. Sie wissen nicht, wie der Zettel da reingekommen sein kann.«

Jules Stimme zitterte, sie war den Tränen nahe.

»Was steht denn da drauf?«, fragte jetzt Lilli, »gib mal her, vielleicht kann ich's ja schon lesen.«

»Okay, Kinder!«, rief Conrad mit betont munterer Stimme, »wir wollen doch mal sehen, ob ihr meine blau-schwarze Badehose finden könnt. Ich hab sie nämlich schon überall gesucht. Wenn ihr es schafft, sie aufzutreiben, gibt's Eis zum Nachtisch.«

Die zwei Kleinen sprangen begeistert auf und rannten in Richtung Elternschlafzimmer davon. Lilli dagegen merkte wohl, dass hier geheime Dinge in der Luft lagen, aber andererseits: Eis! Zögernd trollte sie sich schließlich auch.

»Du wirst dir bald andere Methoden ausdenken müssen, um sie hereinzulegen«, bemerkte Jule tapfer lächelnd.

»Aber es stimmt! Ich habe meine Badehose wirklich nicht gefunden, als ich vorgestern gepackt habe«, grinste Conrad. Dann stellte er sich hinter Jules Stuhl und massierte ihr sanft die Schulter.

»Ich nehme an, du hast Hella gefragt, ob sich jemand direkt an sie herangemacht hat?«

»Ja, natürlich. Sie wusste von nichts, und Tim auch nicht.«

»Also gut, und die Erzieherinnen wussten auch nichts. Hast du ihnen gesagt, was draufstand auf dem Zettel?«

»Ja, natürlich. Frau Gerstenberg war dran. Sie hat mich gleich danach gefragt. Und wie hätte ich ihr auch sonst erklären sollen, worüber ich so beunruhigt bin?«

»Ja, verstehe.«

»Sie hat gesagt, vielleicht hätte eins der Kinder ein älteres Geschwisterkind, das den Blödsinn an Papis Heim-PC geschrieben hat, und dann könnte ja das

Kind den Zettel mit in den Kindergarten gebracht haben – sie wusste ja das mit Lilli nicht.«

»Nun, zumindest theoretisch könnte sie sogar Recht haben. Obwohl ich es ehrlich gesagt auch nicht glaube. Hast du sie gefragt, ob heute irgendwelche Personen da waren, die da eigentlich nicht hingehören? Also zum Beispiel eine Firma, die was zu reparieren hatte, oder jemand, der den Stromzähler ablesen wollte oder so was?«

Jule spielte mit dem Verschluss von Hellas Kindergarten-Tasche herum.

»Nein. Nur, wie sie sich diesen Wisch erklären.« Plötzlich ließ sie die Tasche los.

»Oh! Meinst du, dass da Fingerabdrücke dran sind von dem Mann?«

»Wäre schon möglich. Allerdings würden sie uns wahrscheinlich nicht viel nützen, da wir ja erst einmal ihn selbst bräuchten, um sie mit seinen vergleichen zu können.«

»Aber vielleicht habt ihr sie ja schon! In eurer Kartei …«

»Haben wir zigtausende von Fingerabdrücken. Übrigens wohl kaum die von unserem Freund hier. Der kommt nämlich ziemlich sicher aus der Gegend, aus der er mich gerade erfolgreich weggelotst hat.« Und Conrad erzählte, was er im Büro in Erfahrung gebracht hatte. Jule war konsterniert.

»Das gibt es nicht. So was kann gar nicht passieren! Und so einer ist dein Chef? So einer ist der Leiter eines Kommissariats der Berliner Mordkommission? Hast du ihm wenigstens deine Meinung gesagt?«

Aber Conrad winkte nur müde ab.

»Ach, Hauptmann«, sagte er mit dieser Nachsicht in der Stimme, mit der er immer von seinem Vorgesetzten sprach und die Jule nie verstand. »Klar hat der sich da mal wieder einen echten Klopper geleistet. Aber meistens lässt er einen in Ruhe und manchmal kann er sogar richtig gut sein. Die Arbeit machen sowieso wir anderen, da sind wir mit dem noch ganz gut bedient. Viel wichtiger ist jetzt Folgendes: Wir wissen, welche Informationen unser Mann bekommen hat. Er weiß über die Kinder und auch über dich Bescheid. Insofern müssen wir damit rechnen, dass er auch dich belästigt. Allerdings würde er damit mehr riskieren als bisher, da du ihn gegebenenfalls wiedererkennen und vor einem Gericht belasten könntest. Trotzdem bist du genauso in seiner Schusslinie wie die Kinder. Übrigens macht er nur Blödsinn, da bin ich nun ganz sicher. Er will mich eben einfach von da oben weghaben, damit ich dort nicht ermitteln kann. Diesen Gefallen sollte man ihm aber nicht tun. Ich denke, es ist notwendig, da mit der Suche zu beginnen, wo er …«

»Jemanden umgebracht hat? Wolltest du das sagen? Wenn er dort jemanden umbringt, tut er's hier vielleicht auch, Hans. Und er ist hier!«

»Ja, ich verstehe natürlich, was du meinst, aber …«

»Aber?«

Conrad seufzte. Die Taktik dieses Typen, oder wer auch immer dahintersteckte, ging trotz oder wegen ihrer Einfachheit sehr gut auf. Durchschaubar oder nicht: Conrad konnte so lange nicht weg, wie er seine Familie nicht dem Einfluss des Kerls entzog. Nun, so mussten Jule und die Kleinen eben woanders hin.

»Aber wie wär's, wenn ihr für ein paar Tage verreist? Oder einfach zu Christine zieht? Platz genug hat die ja wohl.«

Jule sah überrascht auf.

»Du schickst mich zu Christine, obwohl du sie auf den Tod nicht ausstehen kannst? Die sich angeblich immer in deine Angelegenheiten mischen will und unseren Kindern schreckliche Sachen beibringt?«

Es stimmte, Conrad ließ normalerweise keine Gelegenheit aus, über Jules beste Freundin herzuziehen. Schon, dass sie sich nicht zu schade war, ganz allein eine riesige Dach-Luxuswohnung »auf'm Prenzlberg« zu bewohnen, fand er unendlich abgeschmackt. Aber dass sie es auch noch hip fand, wahlweise über das, was sie für »die Stimmung im Kiez« hielt oder aber über toskanische Altstädte zu referieren, machte ihn schier wahnsinnig. Ihre unbestrittene Höchstleistung hatte allerdings darin bestanden, Lilli so ein altes Kirchentagslied vorzusingen, in dem es um weiches Wasser und Neutronenbomben ging. Lilli, die Christine liebte, trällerte es dann wochenlang vor sich hin, sodass schließlich sogar Jules Nerven blank gelegen hatten. Und über Conrads Lebensstil hatte Christine einige sehr dezidierte Bemerkungen gemacht, die ihr nicht die Dankbarkeit seinerseits eingebracht hatten, die sie offenbar erwartete. So wie die Dinge lagen, hatte Jule durchaus Grund, sich über Conrads Vorschlag zu wundern.

»Na ja«, murmelte Conrad, »ich gebe zu, dass diese Dame mich nicht gerade erotisiert, aber sie wird euch schon nicht völlig versauen in den paar Tagen.«

»Sehr gnädig, wie du meine Freundin beurteilst, lieber Mann. Trotzdem verstehe ich dich nicht. Wieso willst du unbedingt wieder dahin? Du gehörst doch gar nicht dazu, soweit ich das verstanden habe. Diese Geschichte geht dich doch gar nichts an.«

»Inzwischen schon. Und es ist doch wohl auch in deinem Sinne, wenn ich herausbekomme, wer unser unbekannter Freund ist und ihn ein wenig konfirmiere, oder? Er kann euch nicht finden, weil er nur das weiß, was in der Akte steht. Und außerdem kannst du mich ja jederzeit anrufen, weil ich dieses Handy gekauft habe. Es wird nichts Unangenehmes mehr passieren, glaub mir.«

»Also gut, ich werde Christine anrufen. Und du sieh mal zu, dass du Eis besorgst, sonst gibt's hier noch ein Drama.«

18. Kapitel

Und so kam es, dass eine Stunde nach Einbruch der Dunkelheit ein geräumiges Taxi vor dem Haus in der ruhigen Straße in Charlottenburg hielt. Jule und die Kinder stiegen ein, während Conrad und der Taxifahrer das Gepäck und Tims Dreirad einluden. Den eigenen Wagen zu nehmen, war als zu gefährlich verworfen worden. Als Conrad Hella gerade ein Abschiedsküsschen durchs Autofenster geben wollte, hörte er Lilli erfreut sagen:

»Oh, da ist ja wieder der Mann mit dem toten Pilot.«

Er fuhr herum. »Wo?«

Aber da sah er auch schon einen Mann, der gegenüber im Schatten einer Litfasssäule verborgen gestanden hatte, die Straße hinunterrennen. »Fahrt los!«, rief er noch und lief so schnell es ging schräg über die Straße und dem Kerl hinterher. Für einen Augenblick konnte er ihn nicht mehr sehen und verlangsamte das Tempo. Hatte der andere sich hinter eines der parkenden Autos geduckt? Nein, da lief er durch den Lichtkegel der übernächsten Straßenlaterne. Schneller! Der Abstand betrug sicher gut dreißig Meter, vielleicht auch mehr. Schon ging es in die kleine Querstraße. Und in die nächste. Der Abstand wuchs allmählich. Conrad versuchte, noch weiter zu beschleunigen. Das war nicht so einfach. Er trug normale Straßenschuhe und auf dem unregelmäßigen Pflaster bestand jederzeit die Gefahr zu stürzen. Außerdem gab er ja schon Vollgas. Wenn der Mann die scharfe Straßenecke da vorn erreichte, konnte es gefährlich werden. Er könnte dort stoppen und Conrad mit einem satten Fausthieb oder gar Schlimmerem empfangen. Nur noch höchstens hundert Meter bis zur Ecke. Der andere war ganz offenbar ein verdammt guter Sportler. Er rannte sehr schnell und ohne erkennbare Unregelmäßigkeiten. Gut, auch Conrad war kein schlechter Läufer – auf Langstrecken. Dies war aber ein langer Sprint und er spürte bereits die ersten Stiche in den Seiten. Die Lunge tat auch weh. Er konnte den Vorsprung kaum verkürzen. Jetzt verschwand der da vorn um die Straßenecke. Conrad rannte auf die Ecke zu und fummelte dabei nach der Pistole unter seinem Hemd. Endlich gelang es, sie aus dem Halfter zu reißen, und in dem Augenblick, als er sie entsichert hatte, war er an der Ecke. Er duckte sich so tief es ging und lief noch einen Schritt weiter geradeaus, um einem direkten Schlag möglichst auszuweichen. Gleichzeitig riss er die Arme herum, sodass er die Waffe auf die Stelle richten konnte, wo er den Mann vermutete, bereit sofort abzufeuern – aber da war niemand. Natürlich war sein Schwung nicht mehr abzufangen, er musste abrollen und schlug dabei hart mit der Seite gegen den Stahlpfeiler eines Verkehrsschildes. Ächzend rappelte er sich wieder auf und lief weiter. Die Rippen taten weh, die Lunge tat weh, der Bauch tat weh. Ihm war schwindlig und er hatte Schwierigkeiten geradeaus zu laufen. Dann entdeckte er den anderen auf der gegenüberliegenden Straßenseite, jetzt sicher fünfzig Meter voraus. Hier herrschte noch dichter Verkehr, vierspurig, man konnte nicht einfach über die Fahrbahn rennen. Conrad lief auf seiner Seite weiter, bemüht, den Mann drüben nicht aus den Augen zu verlieren. Er konnte sehen, dass dieser sich im Lauf immer wieder kurz umwandte. Das konnte ein Vorteil sein – der Kerl sah ihn nicht. Vielleicht glaubte er, Conrad schon abgehängt zu haben. Dann würde er aufhören zu rennen. Das tat er nicht, aber immerhin fiel er nun in ein etwas langsameres Tempo – Conrad holte auf. Alle paar Meter kreuzten oder mündeten kleinere Straßen, aus denen Autos herauskamen, manchmal wurde es knapp. Dies Problem hatte der Mann auf der anderen Seite natürlich ebenso und einmal konnte Conrad sehen, wie ein Wagen so kurz vor dem Verfolgten stoppte, dass der schon halb auf der Kühlerhaube lag. Viele Fahrer hupten. Das konnte verräterisch sein, dabei musste Conrad doch hoffen, möglichst lange unentdeckt zu bleiben, was um so schwieriger wurde, je mehr sich der Abstand verkleinerte. Der andere lief trotz aller Hindernisse ziemlich konstant weiter, sie waren nun etliche hundert Meter an der Reichsstraße entlang gerannt. Die Seitenstiche waren kaum mehr auszuhalten.

›Ruhiger werden!‹, befahl Conrad sich, ›länger ausatmen!‹ Jetzt konnte seine Langstreckenerfahrung vielleicht noch von Nutzen sein, denn alles hing davon ab, dass er seinen vor Anstrengung schier platzenden Kör-

per noch unter Kontrolle brachte. Mit aller Macht versuchte er, Kommandos vom Kopf in Organe und Beine
zu zwingen.

›Schneller laufen … kürzere Schritte … weniger Luft!‹
Der andere sah sich immer öfter um, wobei er nach
wie vor beide Gehwege im Blick zu haben schien. Er
lief jetzt an einer hell erleuchteten Ladenzeile entlang.
Die Geschäfte waren zwar längst geschlossen, aber in
den Schaufenstern war noch Licht. Dazwischen befanden sich Kneipen, Dönerbuden und Restaurants,
deshalb waren auf dieser Seite eine Menge Passanten
unterwegs, denen der Mann ausweichen musste – zwischen denen er allerdings auch verschwinden konnte.
Auf Conrads Seite war es dunkler und weniger belebt.
Langsam kam er auf gleiche Höhe mit dem Typen.

›Warte, Freund, ich krieg dich schon noch!‹, dachte
er. Gleichzeitig hoffte er inständig, dass der Verfolgte
nicht ebenfalls eine Schusswaffe bei sich hatte. Denn in
diesem Fall würde er ihn womöglich schlicht erschie-
ßen müssen – an noch Schlimmeres zu denken, verbot
er sich.

›Jetzt nur nichts versieben! Wenn ich ihn kriege, ist
diese ganze Mordgeschichte vielleicht schon abgehakt.
Ha, da wird Bode platt sein! Aber zunächst bekommt
das Schwein mal ein paar Dinger reingewürgt, die es
nicht so schnell vergisst …‹ In Wahrheit konnte Conrad sich kaum noch auf den Beinen halten, geschweige
denn jemandem irgendetwas reinwürgen. Sie kamen
zum Heussplatz. Der Mann drüben blieb stehen. Er sah
zurück. Er sah auf Conrads Seite hinüber. Für einen
Augenblick konnte Conrad im Licht der Straßenlam-

pen das Gesicht des Mannes sehen. Er versuchte noch, sich hinter einen Müllcontainer zu ducken, aber es war schon zu spät. Der andere hatte ihn gesehen. Sofort fiel er wieder in vollen Spurt und rannte nach rechts die Heerstraße hinunter. Conrad musste erst einmal auf die gegenüberliegende Seite gelangen, und als er drüben war, sah er den Mann schon nicht mehr.

Durch die gebleckten Zähne keuchend, stand er an der Ecke. Er wankte, die Beine wollten einknicken. Die schwere Pistole fiel ihm beinahe aus der Hand.

»Okay, du bist weg, du Arsch. Aber ich weiß jetzt, wie du aussiehst. Ich habe dich gesehen!« Die Worte fielen unartikuliert aus seinem Mund, unverständlich, dazwischen hustete und spuckte er. Er hockte sich auf den Boden. Als sein gequälter Körper sich etwas erholt hatte, drang langsam, ganz langsam etwas anderes in sein Bewusstsein: ängstliche Blicke, misstrauische Blicke, feindselige Blicke. Einige Passanten waren stehen geblieben, wenn auch in gewisser Entfernung. Andere sahen ihn an und beschleunigten dann ihre Schritte. Conrad sah auf die Waffe in seiner Hand, versuchte, sie zurück ins Halfter zu nesteln.

»Alles in Ordnung, Polizei«, nuschelte er wie ein Betrunkener »kein Anlass zur Beunruhigung.« Dann machte er sich schwankend auf den Weg nach Hause.

19. Kapitel

Zu Hause schaltete Conrad das Radio ein, öffnete eine Bierflasche und legte sich aufseufzend in die Badewanne. Da auf dem Anrufbeantworter schon eine besorgte Nachfrage Jules war, rief er sie bei Christine an und berichtete von seiner Verfolgung des Fremden. Was für ein Läufer! Dass es ihm nicht gelungen sei, ihn zu schnappen. Dass er ihn aber deutlich habe sehen können. Nein, er kenne ihn nicht von früher. Ob bei Christine alles in Ordnung sei. Schön, dann sei er beruhigt. Ja, er werde morgen zurück auf den Campingplatz fahren, vorher allerdings noch einen Abstecher nach Babelsberg machen.

»Sei vorsichtig«, sagte Jule zum Schluss, »ich liebe dich.«

»Ich dich auch«, antwortete er mit einem komischen Gefühl – was hätte er auch anderes sagen können? Er legte das Telefon auf einen Schemel neben der Wanne und lehnte sich zurück in das dampfende, viel zu heiße Wasser. Durch die Nebel seines abdriftenden Bewusstseins hörte er aus dem Radio in der Küche Musik herüberwabern. Sie hatte einen hauptsächlich aus Schlaggitarre und Synthesizer bestehenden Sound, der ihm von früher her bekannt vorkam, er dachte an *Welcome To The Machine* von Pink Floyd. Eine jünglingshafte Stimme sang, sie sang ungewöhnlich eindringlich. Es dauerte einige Zeit, bis Conrad begriff, dass das daher rührte, dass die Stimme in deutscher Sprache sang. Wenn er die Ohren unter den Wasserspiegel tauchte, konnte er Fetzen davon verstehen, durch die Rohrleitungen oder was, jedenfalls aufgrund eines akustischen Effektes, der ihm seit seiner Kindheit ein Rätsel gewesen war und der ihm ermöglicht hatte, Geräusche aus anderen Wohnungen, anderen Stockwerken zu hören, geheimnisvoll und gewiss nicht für seine Ohren bestimmt. Die Stimme sang:

> Ich über mich / alles beim Alten / ein wunder Punkt / ein blinder Fleck / thank you, Satan / ich kann mich spalten / ein selfmademan / ein Doppelblick / ein Spiegelspiel / seit dreißig Jahren / ein Dornenboy / ein Milchgesicht / von Kopf bis Fuß / mit Haut und Haaren / aus Fleisch und Blut / rein äußerlich

Conrad hörte zu und verstand doch nichts. Was war mit dem? Aber auch wenn er in seinem halb dämmernden Zustand nicht klar unterscheiden konnte, ob hier einer wirklich etwas zu sagen versuchte oder nur so tat – er fühlte doch einen Sog von dieser Musik ausgehen, wie es nur ganz selten geschah. Er hörte:

> Es ist so still / ich sprech' ins Schweigen / ein schweres Nein / von hier zur Wand / so

schlägt mein Herz / es schlägt in mir / Stunde
um Stunde / es schlägt für sich / für Dich und
mich / jede Sekunde
So lebe ich / einer von vielen / kein Einzelfall

»Jesses«, murmelte Conrad laut, er schwitzte wie ein
Ochse. Mit einer ziemlich großen Willensanstrengung
richtete er sich so weit auf, dass er das Fenster öffnen
konnte. Es ging zum Hinterhof. Die dicken Schwa-
den des Wasserdampfes gerieten in Bewegung, kühle
Nachtluft sank wohltuend zu ihm herab. Über den Hof
hörte er die Lustschreie einer Frau. Er hatte sie schon oft
gehört und gemeinsam mit Jule darüber gelacht, aber
er wusste nicht, wer die Frau war. Übrigens waren ihre
Schreie nicht laut, aber dafür schrie sie über einen unglaublich langen Zeitraum. Manchmal, wenn es nach
einer geschlagenen Stunde ruhig geworden war und
klar schien: sie hatte es endlich geschafft, ging es nach
kurzer Pause von neuem los. Conrad konnte nichts dagegen machen, diese Frau beschäftigte seine Phantasie
zuweilen sehr. Im Augenblick aber war stundenlanger
Sex so ziemlich das Letzte, wonach ihm der Sinn stand.
Lieber einen tiefen Zug aus der Bierflasche. Dann tauchte er erneut ab. Die Stimme war noch immer da:

Ein Nichts, ein Niemand / bei Nacht und Nebel / ein Winterlicht / ein Weltvertrauen / ich
brauche dich / und kann es zeigen / wir sind
uns nah / und doch so fern / Liebe ist möglich
/ zwischen uns beiden

Wieder hatte er dieses Gefühl der Gratwanderung. War das nun Kitsch oder nicht? Es rührte ihn an, da gab es nichts zu rütteln. Der Song ging zu Ende. Gespannt horchte Conrad auf die Sprecherstimme, die folgte. Aber der Sprecher verriet nicht, was da zu hören gewesen war. Er sagte: »Es ist ja schon spät geworden, oder soll man lieber sagen früh, und allen, die sich gerade erst zugeschaltet haben, wünsche ich einen guten Morgen, auch denen natürlich, die schon länger zuhören, oder, wenn Ihnen das lieber ist, einen guten Abend, hier auf Metropol-Radio Berlin.«

20. Kapitel

Im Kindergarten herrschte das übliche Tohuwabohu. Obwohl Conrad die Kleinen nur selten hierher brachte oder sie von hier abholte, erkannte Frau Gerstenberg ihn auf Anhieb. Sie war eine sehr ruhige Frau von deutlich über vierzig Jahren. Ohne von dem ohrenbetäubenden Lärm um sie herum im Geringsten beeindruckt zu sein, bat sie Conrad in ein kleines Büro. Die Tür ließ sie offen stehen.

«Ihre Frau hat vorhin schon angerufen und mir gesagt, dass Hella und Tim fürs Erste nicht mehr kommen.« Sie zögerte etwas und fuhr dann fort: »Ich hoffe aber, dass dieses Zettelchen nichts zu bedeuten hat. Es handelt sich doch sicher nur um einen dummen Spaß … ziemlich ungewöhnlich ist es allerdings schon.«

»Sehen Sie, es ist leider so, dass ich diese Sache sehr ernst nehmen muss. Kurz zuvor hatte nämlich unsere Älteste eine, gelinde gesagt, merkwürdige Begegnung, zu der dieser Zettel in Hellas Tasche gut passt.«

«Ach je! Davon wusste ich nichts«, rief Frau Gerstenberg überrascht aus. Sie kannte Lilli gut, da diese früher auch in diesen Kindergarten gegangen war.

»Natürlich nicht«, nickte Conrad, »wie hätten Sie das auch wissen können? Gut, also ich denke, ich kenne den

Mann, der dahintersteckt – das heißt, ich weiß eigentlich nur, wie er aussieht. Jedenfalls von Weitem. Und sozusagen im Dunkeln. Ja …«

Frau Gerstenberg legte den Kopf ein bisschen schief.

›Wahrscheinlich hat sie von einem Kriminalkommissar etwas profundere Beobachtungen erwartet‹, dachte Conrad, und dass man ihr dies ja auch schwerlich verdenken könne.

»Nun, also jetzt würde ich gern herausfinden, ob meine Vermutung richtig ist, deshalb bin ich hier«, fuhr er fort. »War gestern jemand hier, ein junger Mann, ziemlich groß und athletisch, zum Beispiel um etwas anzuliefern oder zu reparieren? Jemand, der theoretisch die Möglichkeit gehabt haben könnte, diesen Zettel in Hellas Tasche zu mogeln? Und überhaupt erst einmal herauszufinden, welche ihre Tasche ist?«

Die Erzieherin dachte nach. Dann sagte sie bestimmt: »Hier drin war mit Sicherheit niemand, außer natürlich viele von den Eltern, die die Kinder herbringen und abholen. Alles bekannte Personen also. Meinen Sie …?«

»Nein, keiner von denen. Es müsste sich schon um einen Mann handeln, der sonst nicht hier hereinkommt.«

»Also, da war gestern gar nichts. Manchmal kommen ja Leute, um sich den Kindergarten anzusehen. Die überlegen, ob sie ihre Kinder hier auf die Warteliste setzen wollen, oder lieber woanders. Aber gestern – nein. Ich dachte nur gerade … wäre es nicht möglich, dass dieser Mann, den Sie da im Auge haben, einfach einem Kind den Zettel in die Hand gedrückt hat? Zum Beispiel über den Zaun, wäre kein Problem, oder auch auf dem Weg hierher, manche kommen ja allein. Wäre eigentlich nicht schwer.« Conrad schlug sich mit der Hand vor die Stirn.

»Und dann muss er dem Kind nur sagen, es soll den Zettel in Hellas Tasche tun. Klar. Die Kinder wissen, wo jeweils die anderen ihre Sachen haben?«

»Na ja, vielleicht kennt nicht jedes Kind jedes Paar Schuhe jedes anderen Kindes, aber im Großen und Ganzen … immerhin haben ja alle ihre festen Plätze an der Garderobe.«

»Okay, dann müsste ich jetzt wohl eine kleine Umfrage starten.« Doch Frau Gerstenberg schüttelte den Kopf: »Ich denke, das machen wir in der Großgruppe. Sie wissen wahrscheinlich, dass wir immer einmal am Vormittag eine große Runde mit allen Kindern und Erzieherinnen veranstalten? Da werde ich mal vorsichtig fragen, ob gestern jemand einem der Kinder etwas in dieser Art aufgetragen hat. Sie können hier warten, wenn Sie wollen, es ist sowieso bald so weit.«

Also blieb Conrad allein im Büro sitzen. Während in den anderen Räumen und Fluren unglaubliche Naturgewalten am Werk zu sein schienen, war es hier trotz des hereindringenden Lärms einigermaßen friedlich. Ab und zu kamen zwar Kinder herein, zu zweit oder zu dritt, um sich vor anderen zu verstecken oder auf der Suche nach einer der Erzieherinnen, aber sobald sie die Türschwelle überschritten, sprachen sie in normaler Lautstärke und verlangsamten das Tempo ihrer Bewegungen. Offenbar akzeptierten sie diesen Raum als kampffreie Zone. Manche beäugten Conrad neugierig, manche zogen sich bei seinem Anblick sofort zurück. Keins der Kinder sagte etwas zu ihm. Wenn er, freundlich und vielleicht etwas onkelhaft, etwas sagte oder fragte, bekam er zögernde oder gar keine Antworten.

›Sieh mal an‹, dachte er, ›gar nicht so leicht, diese Hemmungen zu überwinden. Muss ja ein echter Kinderliebling sein, dieser Typ, wenn der das so gut hinkriegt.‹ Nach einiger Zeit bekam er keinen Besuch mehr im Büro, stattdessen war kräftiges Singen und Klatschen zu hören – die »große Runde« hatte begonnen. Conrad hörte sich das Lied vom Schornsteinfeger an, das er von Hella und Tim schon kannte, und das ihm gut gefiel. Dann kam die Hexe Wackelzahn dran und danach durfte offenbar jeweils ein einzelnes Kind etwas erzählen, was Conrad im Büro jedoch nicht verstehen konnte. Deutlich verstand er aber, wie Frau Gerstenberg sagte: »Mir ist schon mal was Lustiges passiert. Da war jemand, der hat zu mir gesagt, ich soll ein Briefchen in die Brottasche von Marius tun. Hast du's gefunden, Marius?«

Danach wieder Kinderstimmen, durcheinander. Noch mal Frau Gerstenberg: »Ein kleiner alter Opa?«

Diesmal konnte Conrad klar hören, wie ein Kind belustigt rief: »Nein! Groß, und kein Opa! Und gesprochen hat er komisch. Aber es war kein Ausländer.«

»Und in welche Tasche solltest du das Briefchen tun, Adnan?«

»Na, in Hellas.«

Conrad hatte es nicht mehr auf seinem Stuhl im Büro gehalten. Aufgeregt eilte er nach nebenan und auf den Jungen zu.

»Versuche bitte, den Mann möglichst genau zu beschreiben, es ist sehr wichtig! Was er anhatte, wie er gesprochen hat. Vor allem: War vielleicht noch jemand dabei? Hatte er ein Auto?«

Zwei schwarze Augen starrten ihn voller Angst an. Überdies spürte Conrad plötzlich hundert weitere Augen in seinem Rücken, dazu die völlige Stille. Er murmelte eine Entschuldigung und verließ mit eingezogenen Schultern den Kindergarten.

21. Kapitel

Es war gar nicht leicht, in Babelsberg jemanden zu finden, der Conrad helfen konnte. Um die Hochschule herum wirkte alles ziemlich verschlafen, da Semesterferien waren. Schließlich zeigten sich aber doch einige junge Leute, von denen man immerhin annehmen konnte, dass es Studenten waren. Conrad stoppte den dunkelgrünen Kleinwagen, der meist von Jule gefahren wurde und in dem sich außer Hellas und Tims Kindersitzen massenhaft absichtlich oder unabsichtlich liegen gebliebene Kleidungsstücke, Bilderbücher und Spielzeuge befanden.

›Genau wie in meinem Wohnmobil‹, schoss es ihm durch den Kopf, ›haben die das etwa von mir?‹ Er stieg aus und fragte eine junge Frau, die eben ein hektisches Gespräch über ihr transparentes Handy beendet hatte und leise vor sich hin fluchte, nach den Verwaltungsbüros. Fast schien es, als müsse sie über den Sinn seiner Frage nachdenken, dann wies sie ihm mit der Hand den Weg.

»Den zweiten Eingang da und dann links rum.« Conrad dankte und schlug die angegebene Richtung ein.

»Aber da is jetzt garantiert keiner«, hörte er die Studentin murmeln und auch, dass sie schon wieder eine Telefonnummer eintippte.

»Ey, Afro, hier is noch mal Lizzy. Großes Problem! Der Typ im Vorführraum will meine Muster nicht zeigen. So ein Arschloch, sagt, der Ton vom 16er geht jetzt eh nicht, und ich hab gesagt, da ist noch gar kein Ton drauf, der ist ja noch auf Dings ... ja genau, Magnetband ... nein, der is voll Scheiße ... er sagt, er muss erst irgendwas am Videobeamer machen, und dann ...« Conrad konnte nicht mehr verstehen, was »der Typ im Vorführraum« noch gesagt hatte, da er nun das Gebäude betrat. Der Eingang stimmte, aber linker Hand davon lag zunächst ein Treppenhaus und dahinter die Bibliothek. Also versuchte Conrad es mit der anderen Richtung und fand denn auch die Verwaltung. Hier traf er – oh Wunder – auf eine sehr gut aussehende, kompetente Frau mittleren Alters, die sächselte und ihn nach Vorlage des Dienstausweises umstandslos zu Struves Büro- oder Arbeitsraum führte, den er sich mit einem Kollegen teilte, aus Platzmangel, wie sie mit einem Schulterzucken anmerkte. Sie habe schon darauf gewartet, dass jemand von der Polizei käme, und das Ganze sei ja wirklich schrecklich. Auf Conrads routinemäßig gestellte Frage hin erklärte sie, dass in den vergangenen zwei Tagen ihres Wissens niemand außer vielleicht Struves Kollege, ein gewisser Professor Willms, den Raum betreten haben dürfte. Willms sei allerdings nur selten anwesend, zumal während der Ferien. Außer ihr, also eigentlich dem Verwaltungschef Dr. Lamprecht, welcher sich im Urlaub befinde und dessen Aufgaben sie solange vertretungsweise übernommen habe, seien nur noch der Hausmeister und der Hochschulleiter im Besitz eines Generalschlüssels. Der Leiter, Professor Abel, sei nun gewiss nicht hier gewesen, da er sich auf einem Filmfest im Ausland befände und ohnehin kaum auf die Idee verfallen würde, die Arbeitsräume der Lehrenden zu inspizieren. Wozu sollte das auch gut sein? Ob Herr Struve seinen Schlüssel gelegentlich an Hiwis – also studentische wissenschaftliche Hilfskräfte – weitergegeben habe, könne sie nicht sagen, allen diesbezüglichen Verboten zum Trotz sei dies jedoch unter den Lehrenden des künstlerischen Bereiches leider eine unausrottbare gängige Praxis. Bliebe der Hausmeister und natürlich der Putztrupp, welchem er nach einem bestimmten Turnus jeweils die Räume dieses oder jenes Traktes aufschließe. Ob nun gerade dieser Trakt in den letzten Tagen drangewesen sei, wisse sie nicht, könne es aber leicht in Erfahrung bringen. Conrad, ob dieses kleinen Vortrags angenehm überrascht und etwas belustigt, sah sich bereits um. Da er nicht wusste, wonach er eigentlich suchen sollte, griff er nach der erstbesten Videokassette, wovon es auf Struves Schreibtisch einige gab. Sie war unbeschriftet.

»Ja, wenn Sie das für mich tun könnten, das wäre sehr nett. Nur um einigermaßen sicher zu gehen, dass nichts entfernt worden ist, was uns einen Hinweis geben könnte«, sagte er automatisch. Manche der Kassetten waren sehr wohl beschriftet, es schien sich um Material von Struves Studenten zu handeln. In den Schubladen massig Papierkram, es würde eine Ewigkeit dauern alles durchzusehen. Hatte dieser Mann denn keine eigenen Filme hier? Natürlich gab es Bücherregale, aber keinen Schrank oder etwas Ähnliches, in dem man Filmmaterial vermuten konnte. Die Bücher sagten Conrad nicht viel – soweit er das aus den Titeln ersehen konnte, bezog sich ein großer Teil auf ästhetische oder technische Fragen, vieles auch auf Rezeptionsprobleme filmischer Dokumentationen. Auf dem Schreibtisch des Professor Willms sah es überhaupt nicht nach Arbeit aus. Ein Stadtplan von Berlin lag da, außerdem einige Filmzeitschriften sowie ein Häuflein ungeöffneter Post mit zum Teil recht alten Datumsstempeln. Nein, Herr Willms schien in letzter Zeit wirklich nicht viel hier gewesen zu sein.

»Sehe ich das richtig, dass Willms auch Dokumentarfilm lehrt? Oder macht der was ganz anderes?«

»Nein. Ich meine: ja, er ist ebenfalls Dokumentarfilmer. Glaube ich. Ehrlich gesagt, weiß ich nicht, ob er es in den letzten Jahren noch war, aber früher schon. Dafür hat er auch seine Professur.« Es war deutlich zu spüren, dass ihr diese Auskunft etwas Unbehagen bereitete, vermutlich, weil sie die Zustände an der Hochschule nicht im besten Licht erscheinen ließ. Nun, das sollte nicht Conrads Problem sein.

»Gut, Frau … verzeihen Sie, leider weiß ich Ihren Namen noch gar nicht.«

»Ich bin Dr. Merz.«

»Ah, Dr. Merz …«, wiederholte Conrad überflüssigerweise. Promovierte Frauen brachten ihn immer irgendwie aus dem Konzept, er wusste nicht, wieso. Und diese war zudem auffallend hübsch.

Förmlich fuhr er fort: »Ich würde gern ein paar von diesen Videos mitnehmen – von den unbeschrifteten. Es ist nicht sehr wahrscheinlich, dass ich darauf etwas entdecke, was mit der Ermordung Professor Struves zu tun hat, aber versuchen muss man es.« Da Dr. Merz keinen Einspruch erhob, kramte Conrad eine zusammengeknüllte Plastiktüte aus der Jackentasche und packte drei der erstaunlich groß wirkenden Kassetten ein. »Außerdem kann es notwendig werden, dass wir uns die Unterlagen in den Schreibtischschubladen genauer ansehen. Wäre es Ihnen möglich dafür zu sorgen, dass dieser Raum so lange verschlossen bleibt, wie wir es für nötig befinden?«

Dr. Merz nickte: »Natürlich. Kein Putztrupp, kein Professor Willms.«

»Vielen Dank. Apropos Putztrupp ...«

»Ja, ich verstehe. Ich werde den Hausmeister gleich von hier aus anrufen.« Sie ging zu Struves Schreibtisch und tippte eine kurze Nummer. Dann sprach sie kurz mit jemandem, sicher dem Hausmeister, und legte wieder auf.

»Das letzte Mal wurde hier vor vier Tagen geputzt.«

»Sehr gut. Ich bedanke mich für Ihre Hilfe. Gibt es hier so etwas wie eine Cafeteria oder Mensa? Ich könnte einen Kaffee vertragen.« Er zögerte. Und er fühlte sich wie ein Schuljunge, als er bemüht locker hinzufügte: »Sie vielleicht auch?«

»Danke, sehr freundlich, aber ich habe zu tun.« Sie lächelte ihm mit einem verstehenden, aber verneinenden Blick ins Gesicht. »Gehen Sie dort hinunter und dann auf den Hof. Die Cafeteria liegt gegenüber.« Sie reichte ihm die Hand.

»Auf Wiedersehen, Herr Conrad.«

»Auf Wiedersehen, Dr. Merz.«

22. Kapitel

In der Cafeteria, die auch eine kleine Auswahl an Gerichten anbot, herrschte mehr Betrieb, als Conrad erwartet hatte. Offenbar waren eine ganze Menge Filmstudenten trotz der Ferien mit irgendetwas beschäftigt. Viele von ihnen waren gerade beim Essen und Conrad spürte nun auch, dass er hungrig war. Der Zufall wollte, dass heute Zander auf der Tageskarte stand, und Conrad bestellte ohne zu zögern. Natürlich konnte diese Wahl nach dem sehr guten Zander in Mirow nur enttäuschen, dafür schmeckte der Wein diesmal viel besser. Nebenher blätterte er in einem alten Ausstellungskatalog des Potsdamer Filmmuseums über die Geschichte der Filmstadt Babelsberg, der bei den Zeitungen auslag. Ihm fiel ein junger Mann auf, den er schon einmal gesehen hatte. Er war schon beim angeblich »original italienischen Espresso« – einer erbärmlichen Angelegenheit, da fiel es ihm ein: Das war der vom Bootsverleih auf dem Campingplatz! Der, bei dem er die Seenkarte gekauft hatte, wann war das noch gewesen – tatsächlich erst vorgestern? Merkwürdig, er hatte überhaupt kein Zeitgefühl mehr. Er wollte gerade seine Tasse nehmen und sich an den Tisch des jungen

Mannes setzen, da wurde der gerade von der Studentin von vorhin angesprochen. Conrad konnte verstehen, was sie sagte.

»Ey, ich will dir bestimmt nicht auf'n Zeiger geh'n, aber das wär echt schon verdammt wichtig, wenn ich den ganzen Leuten das noch zeigen könnte heute. Die sind jetzt alle da! Und wenn du nachher fertig bist, dann fänd ich das voll gut, wenn das noch klappen würde. Nur einmal, das ist ja auch nicht lang, nur vier Minuten.«

Der Angesprochene legte seine Gabel hin und wandte sich der Studentin zu. Ruhig sagte er: »Wann ich fertig bin, kann ich leider nicht sagen. Vielleicht in einer Stunde, vielleicht heute gar nicht mehr. Danach muss ich nach dem 16er gucken. Wenn du so lange warten willst ...«

»Aber der Ton ist doch auf Magnetband. Da kann man doch kurz zwischendurch mal mein Muster zeigen, vom 16er brauch ich ja nur das Bild. Afro, das ist der Kameramann von meinem Projekt, der hat gesagt, das geht auch so.« Conrad verstand nur Bahnhof, konnte sich aber des Gefühls nicht erwehren, dass es der Studentin eigentlich nicht anders ging.

»Ah, Afro!«, erwiderte der junge Mann. »Ja, kenn ich. Also der kann schon mal nicht Zweiband vorführen. Wer von euch soll das denn machen?«

Die Studentin geriet etwas in Verwirrung.

»Also – na ich dachte – ich meine, du bist doch Vorführer. Da wollte ich dich fragen, ob du das ganz kurz ...«

»Tut mir sehr leid, ich habe heute schon jemand anderem absagen müssen, obwohl der sich schon vorgestern gemeldet hat. Da kann ich jetzt nicht deine Sache vorführen, die du mir hier zwischen Tür und Angel … na, sagen wir mal … anvertrauen möchtest. Wenn du da schon irgendwelche Leute zusammengetrommelt hast, ohne dich um einen Vorführer zu kümmern, dann ist das irgendwie nicht mein Problem. Ich habe diesen Termin für Reparaturen gebucht, weil hier im Vorführraum heute nichts stattfinden sollte. Übrigens alles Dinge, die schon seit Ewigkeiten hätten gemacht werden müssen. Also: not me.« Er war nicht direkt laut, aber doch ziemlich energisch geworden. Dennoch schien die Studentin nicht locker lassen zu wollen.

»Ja, ich verstehe, das ist alles vielleicht nicht so optimal gelaufen. Weißt du was? Ich geb dir meine Handynummer, und wenn du merkst, jetzt könntest du uns vielleicht doch unterbringen, rufst du mich einfach schnell an. Ich brauch nicht lange, um die Leute dann alle ins Kino zu kriegen, sind eh nur zehn oder zwölf. Die haben alle Handys und sind ja noch hier auf'm Gelände. Ich brauch dann nur …«

»Was du brauchst«, unterbrach sie der Mann, »ist ein Vorführer, ein Schlüssel und ein freier Vorführraum. Nichts davon hast du. Guck dir dein Zeug im Schneideraum an oder sonst wo, ist mir echt egal. Aber lass mich in Ruhe.«

»Aber …«

Conrad hielt dies für den passenden Augenblick, sich zu setzen. Er legte seine Dienstmarke auf den Tisch und sagte: »Guten Tag. Kriminalpolizei.« Dann setzte er ein strahlendes Lächeln auf und sagte zu der Studentin: »Würden Sie uns bitte entschuldigen.«

23. Kapitel

Stadtwerke, guten Morgen. Da ist etwas mit dem Gaskessel nicht in Ordnung, oben, zweite Etage rechts. Jetzt bin ich extra schnell hergekommen und nun ist keiner zu Hause. Die Frau in der Wohnung daneben hat mir gesagt, dass Sie vielleicht einen Schlüssel hätten und mich da reinlassen könnten. Also wenn Sie einen haben ...«

»Ach das ist bei Conrads oben. Ja, warten Sie mal. Wo isser denn nun? Ja, hier hängt er. Wissen Sie, wenn die mal im Urlaub sind oder sonst wie weg, dann gieß ich da immer die Blumen. Juliane, also das ist Frau Conrad, die macht das bei mir auch, wenn ich mal weg bin. Der Gasdings? Kein Warmwasser, oder was? Früher hatten wir ja hier noch diese Badeöfen im Haus, aber das war ooch nischt. Musste man stundenlang warten, bis es heiß genug war da drin. So, da wär'n wa. Zum Bad geht's gleich da und die Küche ist geradeaus durch oder wo Sie hin müssen. Brauchen Sie noch was? Sonst melden Sie sich doch wieder bei mir, wenn Sie fertig sind, dass ich wieder zuschließen kann. Nur so zuziehen soll man ja nich, wegen det alles, wat so vorkommt heutzutage.«

»Mach ich selbstverständlich. Wird vermutlich nicht lange dauern. Vielen Dank für Ihre Hilfe.«

24. Kapitel

Das war Rettung in höchster Not. Die Frau hätte mich noch wahnsinnig gemacht.« Der Vorführer grinste. »Allerdings weiß ich trotzdem nicht recht, ob ich mich über Ihr Auftauchen hier freuen soll. Es ist wegen Werner, schätze ich. Ich meine Struve.«

Conrad nickte. »Zunächst verraten Sie mir aber mal, wieso ich Sie sowohl auf dem Campingplatz als auch hier in Babelsberg treffe.«

»Na ja«, antwortete der junge Mann, »also wenn Sie so wollen, auch wegen Werner. Er kennt ... kannte mich von hier und hat mir den Job dort vermittelt. Oder wenigstens hat er mir gesagt, dass dort ein Job frei sein könnte. Ich muss so ungefähr jede Arbeit machen, die ich kriegen kann, weil ich Idiot 'n Haufen Schulden von meinen Eltern geerbt habe. Er wusste das.«

»Dann darf ich wohl annehmen, Sie kannten sich recht gut? Sie nannten ihn eben auch bei seinem Vornamen.«

»Das hat hier an der Hochschule nicht viel zu sagen. Werner duzte jeden und wurde von jedem geduzt. Er fand das irgendwie besser so.«

Conrad nickte und fragte: »War er so ein Altlinker? Sie wissen schon, 68er-Generation, die hatten es doch meistens so mit dem Geduze.«

»Ich weiß nicht, könnte sein. Aber er sprach nicht besonders viel über politische Themen. Nicht mehr als die anderen auch. Aber es stimmt schon, dass ich ziemlich viel mit ihm zu tun hatte.« Auf Conrads aufmunternden Blick fuhr der junge Mann fort: »Also erst mal bin ich hier viel im Vorführraum zugange. Das ist nur ein Job, keine richtige feste Stelle oder so was, aber genug zu tun ist trotzdem. Eigentlich bin ich Student hier, hauptsächlich Animation, aber phasenweise komm ich kaum aus dem Vorführraum raus. Na, und für Werners Seminare hab ich eben meistens die Filme gezeigt, da gibt es natürlich immer einiges zu besprechen. Ablauf, Formate, Pausen und so weiter. Außerdem war ich auch Teilnehmer in einigen seiner Seminare, das ist allerdings schon ein paar Semester her. Irgendwie haben wir uns im Lauf der Zeit ein bisschen angefreundet.«

Er sah auf die Uhr und blickte Conrad fragend an: »Ist das hier jetzt eigentlich – ähm, wie soll ich sagen ...«

»Ein Verhör?«, half Conrad aus.

»Ja, also ich muss nämlich noch jede Menge Zeugs erledigen heute und da wird's langsam Zeit, dass ich weitermache.«

»Oh, reparieren Sie nur schön den Beamer – nicht wahr, das ist es doch, was Sie gerade tun wollen«, sagte Conrad und klopfte auf seine Plastiktüte, »ich hätte da nämlich ein paar Videos, die ich mir gern mal ansehen würde. Und soweit ich das sehen kann, sind die irgendwie zu groß für meinen Recorder zu Hause.« Der

Vorführer hatte überrascht die Brauen zusammengezogen.

»Woher wissen Sie das?«, fragte er nun.

»Na, also die scheinen mir doch deutlich größer zu sein, als normale VHS-Kassetten.«

»Nein, das meine ich nicht. Klar, das sind Betas, klar sind die größer. Aber wieso wissen Sie, dass ich gerade am Beamer zugange bin?«

»Och Gott ja«, antwortete Conrad bescheiden, »ich bin schließlich von der Polizei.« Er zahlte, während der Vorführer lediglich ein kleines Märkchen auf den Tisch legte. Sie gingen durch den Innenhof zu einem modernen Gebäude, in dem das hochschuleigene Kino eingerichtet war.

Während der Vorführer einen Hintereingang aufschloss, sagte er: »Wenn Sie diese Kassetten alle von Anfang bis Ende durchsehen wollen, müssten wir aber schon eine Nachtschicht einplanen. Reicht wahrscheinlich nicht mal. Und ich sag's Ihnen lieber gleich: freiwillig mache ich das nicht …«

Das Foyer, das sie nun von hinten her betraten, war zugleich sachlich und angenehm gestaltet. Eine große Fensterfront ließ viel Tageslicht herein. Eine ziemlich große Bar, einige Tische und Stühle von so unauffälligem Design, dass sicher sagenhafte Stückpreise dafür verlangt worden waren, ein paar große Palmen. An den strahlend weißen Wänden hingen großformatige Schwarz-Weiß-Portraits, offenbar zeigten sie lauter berühmte Filmkünstler aus den großen Zeiten Babelsbergs, an die man seit einer Reihe von Jahren wieder anknüpfen wollte. Einige der Gesichter kamen Conrad bekannt vor, die junge Marlene Dietrich erkannte er natürlich, doch in den meisten Fällen hätte er keine Namen nennen können. Dann wurde ihm bewusst, dass der Vorführer wartete, und er ließ sich von ihm zu einer Treppe führen, die wohl zum Vorführraum hinaufging. Während sie hochstiegen, fragte er den jungen Mann nach seinem Namen.

»Jens Mainling. Und wie heißen Sie noch mal? Ich hab's vorhin auf diesem Dings nicht so schnell lesen können.«

Conrad konnte sich erinnern, den Namen Mainling auf der Personalliste des Campingplatzes gelesen zu haben.

»Kommissar Hans Conrad, Kripo Berlin«, antwortete er.

»Gut, Herr Conrad, da wären wir.« Mainling schloss eine Feuerschutztür auf und öffnete sie. In dem recht großen Raum standen einige massige Geräte, die unschwer als Projektoren zu erkennen waren – allerdings hatte Conrad sie sich nicht so modern vorgestellt. Aus Filmen, die er gesehen hatte, waren in seinem Kopf Bilder von schwarzen, geschwungenen Kolossen geblieben, auf denen sich erstaunlich kleine Filmspulen drehten. Diese Maschinen aber waren kantig und aus blitzendem Stahl, überdies lagen riesige Filmrollen quer wie Schichttorten übereinander auf große Bleche gestapelt, von denen aus sie wohl direkt in die Projektoren geführt werden konnten. Eine voluminöse Tonanlage mit verwirrend vielen Zuleitungen, Klinkensteckern, Reglern und Schaltern sowie einige unterschiedliche Videogeräte erkannte Conrad noch, ebenso drei Mikrofonstative. Dann waren da auch noch einige andere Geräte, deren

Sinn Conrad nicht erraten konnte. Mainling schwadronierte ein paar Minuten über die Renaissance des 8-Millimeter-Films, über verschiedene Digitaltonsysteme, über Polyester- und Triazetatkopien und über Umroller, die man zum Auf- und Abbau benutzte. Über sündhaft teure Zweibandmaschinen, die für irgendwas da waren, was Conrad ebenfalls nicht verstand. Der sah sich solange lieber die Schichttorte und die großen Stahlspulen an, die aufrecht in einer Art Riesenregal standen und einen Durchmesser von etwa einem Meter haben mussten.

»Und hier ist mein Sorgenkind«, sagte Mainling. Er stand vor einem gewaltigen Ding, das wie eine Flunder auf einem Tisch lag. Vermutlich der Beamer. Conrad wusste natürlich, dass ein Beamer Videos auf die Leinwand werfen konnte, – in der Dienststelle hatten sie auch einen. Aber das hier war etwas ganz anderes: allein das Rohr, oder wie das heißen mochte, wo das Objektiv drinsteckte, mochte an die vierzig Zentimeter lang sein und fünfzehn Zentimeter dick.

»Das ist *fat boy darco*, die größte Krankheit der nördlichen Hemisphäre. Ein glanzvolles Ergebnis der weisen Einkaufspolitik der Herren Lamprecht und Abel. Garantiert unbeherrschbar. Intelligente Steuerung, leider antifunktionaler Art. Wenn man gerade einen Weg gefunden hat, einen Befehl an das Ding durchzugeben, kann man sicher sein, dass dieser Weg fortan blockiert ist. Schade eigentlich, hat nämlich 'ne super Lichtleistung. Kostet zwei Zweibandmaschinen. Ich bin gerade dabei, einen neuen Trick zu suchen, mit dem wir ihn wenigstens für einen Tag zum Laufen bringen. Zu Beginn des neuen Semesters gibt es eine größere Präsentation, und da wird ein gutes Bild gebraucht.«

»Tja, also dann stehen die Chancen für mich wohl sehr schlecht?«, fragte Conrad und klopfte wieder auf die Videos in seiner Plastiktüte. Aber der Vorführer schüttelte den Kopf:

»Nein, wir haben hier noch ein wunderbar zuverlässiges Zweitgerät, das die meiste Zeit im Einsatz ist. Wenn Sie wollen, können wir gleich mal eine Ihrer Kassetten in den Beta schieben. Was sind das eigentlich für welche?«

»Keine Ahnung, lagen auf Struves Schreibtisch. Ich will einfach mal etwas von ihm sehen. Vielleicht hilft mir das, ein genaueres Bild von ihm zu bekommen. Da Sie ihn ja ganz gut kannten, ist es aber vielleicht viel besser, ich unterhalte mich einfach mit Ihnen – nur möchte ich Sie jetzt nicht von Ihrer Arbeit abhalten. Da müssen wir nachher noch einen Termin machen.«

»Gern. Übrigens gibt es hier im Regal eine Menge liegen gebliebener Kurzfilme, die im letzten Semester bei irgendwelchen Veranstaltungen gezeigt wurden. Wenn mich nicht alles täuscht, habe ich da auch einen von Werner gesehen, für den er mal ausgezeichnet worden ist auf einem Filmfest.«

»Oh, da würde ich gern mal nachsehen.« Conrad ging zu dem Regal und inspizierte die zum Teil in Metalldosen, zum andern Teil auf kleinen Spulen gelagerten Filme. Einige sehr kurze Filmchen waren einfach auf Plastikkerne gewickelt – »Bobbys«, wie Mainling erklärte –, von denen sie leicht herunterfallen konnten, wenn sie nicht senkrecht gehalten wurden. Es gab schmale und breite, also 16er und 35er. Auf den meisten Behältern und Spulen waren Klebeetiketten angebracht worden, worauf Titel oder Regisseur des Films handschriftlich vermerkt waren. *Im Häcksler meines Großvaters, Start* stand auf einer Spule, oder *Jörg Wiedemann: 10 goldene Regeln für die Benutzung einer elektrischen Zahnbürste.* Um alles erreichen und lesen zu können, musste Conrad sich ganz schön verrenken. Er fand eine schwarze Schachtel, auf der *Struve: Talk* stand. Unter dem Etikett sah man eine ältere Beschriftung durchschimmern: *Conan der Barbar.* Er brachte sie Mainling, der gerade den Gehäusedeckel des Beamers abgehoben hatte, und sich nach einer genügend großen freien Stellfläche dafür umsah.

»Ach richtig, in 'ne Trailerbox hat ihn jemand reingequetscht. Dürfte so ungefähr sechs, sieben Minuten haben. Gut, dass er in 35 Millimeter ist, bei dem Titel könnte ich mir vorstellen, dass es auf dem 16er mit defektem Ton nicht ganz so toll rüberkäme.«

Von der Tür her war plötzlich eine Frauenstimme zu vernehmen: »Und, wie sieht's aus? Irgendeine Chance?«

Mainling zuckte nur leicht mit dem Gesicht und sah nicht einmal auf. Conrad drehte sich zur Tür.

Es war die Studentin. Als sie Conrad erkannte, verdüsterte sich ihr Blick. »Ach Gott, Sie schon wieder.«

»Die Freude ist ganz meinerseits«, erwiderte er charmant, »und wie geht's Afro?«

»Hä?« Sie war verwirrt. »Gut. Aber wieso kennen Sie …?«

»Na, dann ist ja alles bestens! Einen schönen Tag wünsche ich noch.«

Die Studentin schickte ihm einen vernichtenden Blick und verschwand.

Mainlings Arme steckten bis zu den Ellenbogen zwischen den Kabeln und Platinen des *fat boy darco*, er grinste fröhlich. Er erinnerte Conrad an einen irren Chirurgen, den er in irgendeinem Film gesehen haben musste.

»Na, dann setzen Sie sich mal in den Saal, ich bring den Kurzfilm eben auf Spule und mach ihn für Sie an. Wenn Sie danach gleich in eines der Videos, die Sie mitgebracht haben, reingucken möchten, brauchen Sie nur sitzen zu bleiben. Es dauert dann nur eine Minute, bis ich alles für Beta umgestöpselt habe.«

25. Kapitel

Nachdem Mainling ihm gezeigt hatte, wie man in den Saal kam, fand Conrad sich allein in einem Kino mit mindestens zweihundert Sitzen, vielleicht auch dreihundert. Er setzte sich in eine der vorderen Reihen und wartete. An der Wand hing ein Haustelefon, mit dem er im Vorführraum Bescheid sagen konnte, wenn Mainling vorlaufen lassen oder die Kassette wechseln sollte. Damit er dies Telefon überhaupt finden würde, hatten sie vereinbart, dass Mainling die schummerige Nebenbeleuchtung, die normalerweise während des Vorprogramms eingesetzt wird, nicht ausdimmen sollte. Dann öffnete sich der Vorhang für den Kurzfilm *Talk*. Erst waren ein paar rückwärts laufende Zahlen zu sehen, ein Piepser war zu hören und dann erschien der Titel auf der Leinwand. Außerdem war eine merkwürdige Struktur aus dunklen und etwas helleren Flecken zu sehen, die das ganze Bild ausfüllte. Conrad hörte eine etwas verfremdete, aber unverkennbar nordisch klingende Männerstimme.

»Ich glaube, ich komme bald«, sagte die Stimme, »wie findest du das? Nicht wahr, das gefällt dir doch?« Ein leichtes Klicken. Die Kamera fuhr sehr langsam zurück.

Die Flecken wurden kleiner und am Bildrand wurde undeutlich eine Rundung sichtbar.

Eine sanfte Frauenstimme, unverfremdet und natürlich klingend, sagte: »Ja, das ist gut. Seeehr guuut! Ich bin auch bald so weit … komm nur bald.«

Immer noch bewegte sich die Kamera rückwärts, die Flecken wurden zusehends schärfer. Das sah nach einer Sprechmuschel aus. Die Männerstimme stöhnte ein bisschen und sagte, dass es nun wirklich fast so weit sei und die Frauenstimme antwortete oh und ah, und er solle sich nicht mehr aufhalten lassen. Conrad war reichlich verwundert. Der Dokumentarfilm-Professor Struve hatte solche Filmchen gedreht? Das wirkte nicht sehr professoral. Übrigens auch nicht sonderlich dokumentarisch, im Gegenteil, es wirkte ausgesprochen künstlich. Okay, Frauen mit diesem Beruf mussten Interesse heucheln, die ganze Situation war ziemlich irrational, vielleicht sollte deshalb auch der Film unecht wirken. Inzwischen konnte man den Telefonhörer recht gut erkennen, auch die Hand, die ihn hielt, war mittlerweile aus dem Bildrand aufgetaucht. Zudem begann sich nun eine sinnliche Kinn- oder Mundpartie aus der Unschärfe des Vordergrundes herauszuheben, immer bei konstant langsamer Rückfahrt der Kamera. Sie mache es genau so, wie er es am liebsten habe, hauchte die sanfte Stimme, und die sehr roten, vollen Lippen formten sich zu einem leicht geöffneten Schmollmund. Conrad konnte sich nicht helfen, die Masche funktionierte irgendwie. Vielleicht, weil sie so direkt und brutal war, in gewisser Weise elementar. Dann sagte die Männerstimme, dass nur noch schnell einige Briefe eingeworfen werden müssten, ein unbedeutender Umweg, dann sei er zu Hause. Und er habe einen Mordshunger. Die Kamera war stehen geblieben. Die Frau, nach wie vor nur aus Mund und Kinn bestehend, antwortete, sie werde schon mal den Tisch decken. Abspann. Ein Telefon trillerte. Conrad war noch damit beschäftigt, sich darüber zu ärgern, Struve auf den Leim gegangen zu sein. Allerdings war es bei der Anlage dieses Films wohl kaum möglich, nicht reinzufallen. Und das war wohl auch Sinn der Sache, so etwas zu demonstrieren. Insofern eigentlich doch reichlich professoral. Vom Abspann bekam er also nicht viel mit, zumal dieses störende Trillern nicht aufhörte. Über die Leinwand lief ein kurzes Stück undefinierbarer Zeichen, ein grauenvoller Störton rumpelte aus den unsichtbaren Frontlautsprechern, dann war die Leinwand einen Augenblick weiß, dann plötzlich Stille und Dunkelheit. Immer noch trillerte das Telefon. Richtig, es war seines, er kannte nur den Ton noch nicht. Hastig fingerte er es aus der Jackentasche und versuchte in der Dunkelheit, die richtige Taste zu finden.

»Jule?«

»Hallo Bulle … tut mir leid, dass ich nicht mit dir rumturteln kann, wie deine Süße mit den schönen roten Haaren.« Die Stimme war rau aber nicht sehr tief. Sie hatte einen klanglich stark ins Plattdeutsche gehenden mecklenburgischen Einschlag.

Aber das war es nicht.

»Ich wollte dir nur sagen, dass ich sie gerade getroffen habe – na ja, sagen wir: ich hab sie gesehen. Auf'm Spielplatz – Kollwitzplatz. Nur ein paar Schritte von dem geleckten Haus in der Husemannstraße, wo du sie versteckt hast. Sieht alles sehr hübsch aus da. Nicht so unordentlich wie in deiner Wohnung.«

Was war es nur? Ein Schauder nach dem anderen fuhr über Conrads Rücken, die Nackenhaare hatten sich aufgerichtet.

»Übrigens sehr nett von dir, dein Adressbuch gleich richtig aufgeschlagen neben dem Telefon liegen zu lassen. Ich Idiot hab's leider erst gesehen, nachdem ich die Nummern aus der Wahlwiederholung abgeschrieben hatte. Dachte, ich müsste die Adresse erst mühsam übers CD-ROM-Telefonbuch rauskriegen. Egal. Was wollte ich noch gleich? Ach ja, du hast einen beschissenen Cognac zu Hause, aber 'ne hübsche Frau. Gefällt mir. Auf dem Spielplatz waren übrigens all die lieben Kindlein um sie herum versammelt. Ach, manchmal hätte ich auch gern so eine Familie.«

»Ah ja. Und?«, fragte Conrad heiser, »was hast du heute noch so vor? Wie wär's mit einem gemütlichen Treffen – ich besorg auch anderen Cognac, wenn du willst.« Er hatte Angst. Große Angst sogar, denn er kapierte nicht, woher der andere seine Nummer hatte, es sei denn, von Jule … aber er wusste, dass er nah an etwas anderem dran war. Die Stimme lachte leise.

»Ach, heute nicht, gern ein anderes Mal. Ich habe einen Mordshunger.«

Das war es! In Conrads Kopf drehte es sich. Das war die Männerstimme aus dem komischen Streifen von Struve, den er gerade eben gesehen hatte. Derselbe nordische Tonfall. Natürlich auch dieselbe Verfremdung durch das Telefon. Er sagte mit verstellter Stimme: »Das ist gut. Seeehr guuut! Ich werde schon mal den Tisch decken.« Am anderen Ende herrschte Stille. Dann klickte es. Conrad stolperte zum Haustelefon und drückte auf der Gabel herum.

»Herr Mainling! Ich muss diesen Film gleich noch einmal sehen. Eigentlich nur den Abspann. Mainling? Aber es muss schnell gehen, ich muss dann weg. Also, wenn das irgendwie geht ... Mainling? Hallo?« Keine Antwort. Conrad stieß die Saaltür auf und rannte die Treppe hinauf in den Vorführraum. *Fat boy darco* lag halb ausgeweidet auf dem Tisch. Im Tonrack und auf einem Schalttableau blinkten die Leuchten und Dioden geheimnisvoll vor sich hin. An einem der Projektoren arbeitete geräuschvoll eine Lüftung oder Kühlung. Der Vorführer war weg.

Ein paar Augenblicke stand Conrad einfach nur da. Er blickte durch diese Geschichte nicht durch. Okay. Das war häufiger der Fall. Aber diesmal fiel es ihm schwerer als sonst, wenigstens den nächsten Schritt zu tun. Zu erkennen, was als nächstes dran kommen musste. Natürlich musste er bei Jule anrufen. Aber die Nummer – hatte er sich die Nummer nicht irgendwo notiert? Während er noch seine Taschen durchsuchte, kramte er schon in seinem Gehirn nach der Nummer der Auskunft.

›Wie war verdammt noch mal der Name? Wie heißt diese furchtbare Christine denn noch gleich weiter? Irgend so ein Doppelname natürlich, mit einem K am Anfang‹, dachte er. Die Kühlung schaltete sich ab. Das Ganze hier schien bis zu einem gewissen Grade automatisiert zu sein. Wo war bloß Mainling? Conrad konnte sich des Gefühls nicht erwehren, dass da irgend etwas nicht stimmte. Der junge Mann hatte eigentlich einen sehr zuverlässigen Eindruck auf ihn gemacht. Dass der einfach so verschwunden war und ihn im Saal sitzen gelassen hatte ...

›Christine Kaiser-Irgendwas? Oder Krause? Herrgott! Was ist denn das hier für ein Zettel? Ach so, Bodes Nummer. Den muss ich auch endlich anrufen!‹ Der hatte vielleicht längst herausbekommen, wer diese rätselhafte Frau Neumann war, und da musste doch dann schnellstens etwas geschehen! Die Spule da, das war doch sicher die mit dem Struve-Film. Natürlich, die musste er mitnehmen, der Name des unbekannten Drecksacks stand womöglich dick und fett im Abspann.

›Jesses, wie kriegt man das Ding bloß ab? Und was jetzt mit den blöden, zu großen Videos? Egal, am besten einfach hier lassen ...‹

Das hatte Lilli also gemeint, als sie sagte, der Mann habe ein bisschen komisch gesprochen, »so wie ausländisch«. Mecklenburger Platt, wenn auch nur im Klang. Da wäre er nie drauf gekommen.

›Vielleicht Kunze?‹ Nein, das würde nichts werden, er musste nach Hause fahren und von dort aus anrufen. Oder direkt hinfahren, dann allerdings quer durch die ganze Stadt. Conrad hatte das Kino bereits verlassen und war auf dem Weg zum Auto, als wieder sein Telefon piepte. Es war Jule.

»Gott sei Dank!«, entfuhr es ihm, und schon wusste er, dass dies ein Fehler war. Sie war denn auch sofort alarmiert.

»Wieso, was ist los, Hans?«

»Ach nichts, ich hatte nur plötzlich – Sehnsucht nach deiner Stimme.« Es war eine grenzenlos blöde Ausrede und Jule schluckte sie natürlich nicht. Trotzdem klang sie ein wenig geschmeichelt, als sie sagte: »Nun, dafür habe ich vollstes Verständnis, mein lieber Gatte. Und sonst gibt es keine Neuigkeiten?« Es war klar, sie hatte nichts von dem Typ bemerkt. Alles war in Ordnung.

»Nö, nichts Besonderes. Und bei euch? Alle Kinder im Haus?«

»Ja. Wieso? Hans, ich finde, du solltest es mir sagen, wenn du irgendetwas Beunruhigendes herausgefunden hast. Du hörst dich so an, als ob ...«

»Was, wirklich? Nein, mach dir keine Gedanken. Ich komm jetzt zu euch, allerdings brauch ich sicher 'ne Stunde, bis ich da bin, vielleicht auch etwas länger. Ach ja, Husemannstraße wie viel?«

»Du kommst hierher?« Jetzt klang sie wirklich besorgt. »Aber – also gut: Nummer acht b.«

26. Kapitel

Während Conrad unter den Bäumen der Potsdamer Chaussee entlang fuhr, tippte er Bodes Nummer. Mit diesen winzigen Dingern war das aber auch wirklich zu fummelig – das Verbot, sie am Steuer zu benutzen, fand seine volle theoretische Unterstützung. Er wisse, dass er ihm noch eine Erklärung schulde, sagte er dem mecklenburgischen Kollegen, als dieser sich gemeldet hatte. Die Sache sei nur die, dass er selbst nicht ganz verstehe, was eigentlich gespielt werde. In jedem Falle aber werde seine Familie bedroht und das hänge offensichtlich irgendwie mit dem Mord an Struve zusammen. Ob Bode inzwischen herausgefunden habe, wem der Fax-Anschluss gehöre, dessen Nummer er ihm gestern gegeben habe. Nein, er habe es nicht herausfinden können, es handle sich um eine Geheimnummer. Conrad brummelte grimmig. Genauso hatte er sich das gedacht. Bode fuhr fort. Der vorläufige Autopsiebericht sei gerade eingetroffen, noch nicht amtlich, aber immerhin brauchbar. Struve eindeutig identifiziert, einsdreiundachtzig groß wie im Personalausweis angegeben, mittelblond, Augen graublau, gute körperliche Verfassung, sogar eher sportlicher Typ – eben dieses

Zeug pro forma. Aber jetzt: Eintritt des Todes, wie bereits angenommen, gegen zwei Uhr dreißig plusminus zehn, fünfzehn Minuten. Ursache Sauerstoffunterversorgung – na ja, so könne man's auch nennen. Im Blut fast zweieinhalb Promille Alkohol. Zweieinhalb! Sonst keine Hinweise auf irgendwelche Drogen oder Medikamente. Außer den Hämatomen am Hals und einer kleinen Augen-Hornhautverletzung kein Kratzer am ganzen Körper. Alles vollkommen normal. Allerdings überall auf der Haut verteilt Mikroben und Kleinstorganismen, wie sie in den Seen vorkommen. Er müsse also entweder gebadet haben, möglicherweise bereits stockbesoffen, oder … denkbar sei auch anderes. Conrad nickte und dachte an die Hintertür der Duschbaracke. Dort war Struve wahrscheinlich hereingeschleppt worden. Auf der dem Campingplatz zugewandten Seite hatte er dann nur die zwei Meter vom Damenteil in den Männerteil hinübergeschafft werden müssen. Dort war zwar auch nachts Licht, aber die zwei Meter hatte der Täter eben riskiert. Bode setzte seinen Bericht fort, während Conrad sich durch den dichten Verkehr der B 1 kämpfte. Er musste sich konzentrieren, zumal er wegen des Telefons ja einhändig fuhr, aber zwischendurch kam ihm immer wieder die Frage in den Sinn, ob er nicht schnell noch nach Hause fahren sollte. Immerhin war der Fremde in seiner Wohnung gewesen. Er konnte dort etwas Verräterisches vergessen oder auch entsetzliche Verwüstungen angerichtet haben. Jedenfalls war es ein komisches Gefühl, sich darum nicht kümmern zu können. Aber nein, zum Kollwitzplatz zu fahren, war jetzt dringender. Vielleicht lungerte der Kerl da noch irgendwo in einem der schicken Touristenrestaurants herum? Übrigens sei er zuversichtlich, dass sich die ganze Sache sehr schnell aufkläre, hörte er Bode sagen, das Beste habe er sich nämlich bis zum Schluss aufbewahrt: er habe gerade eben einen dringend Tatverdächtigen verhaften lassen. Kein harter Bursche, also wahrscheinlich bald geständig, ein Student Struves, der offenbar gelegentlich auch auf dem besagten Campingplatz arbeite. Conrad trat abrupt auf die Bremse. Ein weißer BMW konnte eben noch ausweichen. Der Fahrer hupte wütend und zeigte den obligatorischen Finger.

27. Kapitel

Es war noch nicht spät am Nachmittag, sodass Conrad den Wagen in der Knaackstraße parken konnte. In einer Stunde würde hier nichts mehr gehen. Er mochte diese Gegend, obwohl er wusste, dass er genau zu dem Volk gehörte, das von den »Eingeborenen« nicht gern gesehen wurde. Wie üblich waren die Straßenschilder mit schwarzem Farbspray unleserlich gemacht worden, damit die Touristen sich nicht zurecht finden konnten. Die herausgeputzte Husemannstraße mit ihren pseudohistorischen Fassaden war aus irgendwelchen Gründen gerade mal wieder eine Großbaustelle. Er drückte auf den mit Chr. Schmidt-Krolow beschrifteten Klingelknopf in Nummer acht b. Oben empfing ihn die versammelte Truppe, offensichtlich wohlbehalten und, von einem forschenden Ausdruck in Jules Gesicht abgesehen, bester Stimmung. Das tat Conrad so gut, dass er sich dazu hinreißen ließ, seiner Intimfeindin Christine einen verlegenen Begrüßungskuss auf die Wange zu hauchen, was sie mit einem etwas spöttischen, aber zugleich erfreuten Lächeln quittierte. »Frieden!« sollte das bedeuten und Conrad empfand angesichts der Hilfe, die Christine ohne Zögern gewährt hatte, tatsächlich Dankbarkeit und sogar ein bisschen Sympathie für sie. Dass Lilli ihm nun gleich ein ausgesucht dämliches Käppi vorführen musste, das Christine ihr heute Vormittag gekauft hatte, tat der Sache kaum Abbruch. Er tobte eine ganze Weile mit den drei Kindern herum und merkte erst jetzt, wie erleichtert er war. Darüber, dass es allen gut ging. Darüber, dass er für eine gewisse Zeitspanne nicht würde reagieren müssen – von eigenem Agieren konnte ja ohnehin kaum die Rede sein, schließlich hechelte er an allen Fronten ständig nur hinterher. Und darüber, dass er sich endlich ächzend in einen Sessel fallen lassen durfte, die Kleinen sich trollten und die Frauen ihn überdies reizend mit Kaffee und Plätzchen bedienten. Er erzählte ihnen alles, was er wusste. Auch den Anruf des Fremden ließ er nicht aus, da ihm inzwischen klar geworden war, dass er Jule und die Kinder andernfalls nur noch mehr gefährden würde. Jule blieb dabei vollkommen gefasst. Sie hatte schon nach dem kurzen Telefonat vorhin aus der Tatsache, dass ihr Mann noch immer nicht zurück an die Müritz gefahren war und stattdessen sogar in die Husemannstraße kommen wollte, die richtigen Schlüsse gezogen. Auch Christine, die ja nun ebenfalls mit Belästigungen rechnen musste, blieb völlig ruhig. Sie wussten also schon lange, dass das Versteck keines mehr war und dass da draußen dieser Typ herumstrich. Conrad war von dem Mut der beiden beeindruckt. Sie hatten sogar bereits einen neuen und besser durchdachten Fluchtplan geschmiedet. Schon am frühen Morgen wollten sie mit dem Kleinbus eines Freundes von Christine zu Jules Eltern in Hamburg fahren. Sie brauchten keinerlei auffällige Vorbereitungen zu treffen, da dort alles, was sie für die Kinder brauchten, vorhanden war. Die Großeltern hatten die Kinder schon öfters für einige Tage bei sich beherbergt und daher immer genügend Kleidung und Spielzeuge im Hause. Sie waren nicht direkt reich, aber sie bewohnten ein ziemlich geräumiges – und leider auch ziemlich hässliches – Eigenheim mit viel zu großem Garten im ruhigen und spießigen Volksdorf. Christine würde das Auto erst unmittelbar vor der Abfahrt holen. Auf den umständlichen Einbau von Kindersitzen und solchem Schnickschnack wollten sie ausnahmsweise verzichten. So würden sie plötzlich das Haus verlassen und weg wären sie. Da sie so gut wie kein Gepäck hätten, würde es so aussehen, als führen sie nur kurz zum Einkaufen und kämen in einer Stunde zurück. Wenn der Mann überhaupt Verdacht schöpfen und überdies geistesgegenwärtig genug sein sollte, sie zu verfolgen, könnte Conrad sich mit Jules Wagen wiederum an ihn dranhängen. Dies wäre zwar eher nicht zu erwarten – aber trotzdem. Und selbst im allerungünstigsten Falle, dass der Mann sie tatsächlich bis nach Hamburg verfolgen sollte, Conrad aber aus irgendwelchen Gründen nicht dranbleiben könnte, waren sie zuversichtlich, ihn spätestens dort gründlich abhängen zu können. Schließlich kannte Jule ihre Heimatstadt. Das Ganze schien Conrad etwas umständlich, aber es war idiotensicher. Außerdem freute er sich darüber, dass Jule von sich aus den Entschluss gefasst hatte, Berlin mit den Kindern für ein Weilchen zu verlassen. Er hätte sonst selber einen Vorschlag in dieser Richtung machen müssen, und er war nicht sicher gewesen, ob

Jule ihn gnädig aufnehmen würde. Schließlich hätte sie ihn auch daran erinnern können, dass er doch Urlaub habe und außerdem ein gut ausgebildeter Polizist sei, sodass sie sich in seiner Nähe keine Sorgen zu machen brauche. Aber sie tat es nicht und ließ ihm den Raum, den er brauchte, um in dieser Sache voranzukommen. Er stand auf und küsste sie auf die Stirn. Dann sagte er grinsend: »Superplan! Superköpfchen! Superfrau!« Es klang ironischer, als es eigentlich gemeint war. Dann wurde beschlossen, dass Conrad noch am heutigen Abend in ihrer Wohnung nach dem Rechten sehen solle. Christine und Jule würden sich noch die zwei netten jungen Männer aus der Bodybuilder-Homo-WG ein Stockwerk tiefer zu einem Glas Wein einladen. Das sei ohnehin mal wieder fällig, meinte Christine, die beiden hätten sich beim letzten Mal sehr lobend über ihren Chianti Classico geäußert, natürlich mit dem schwarzen Hahn auf dem Etikett, nicht wahr, sie wüssten doch, dass nur der schwarze Hahn für einen reinrassigen Chianti bürge? Nun also, diesen Wein bezöge sie von dem neuen Händler in der Wörther Straße. Der sei zwar in Deutschland geboren, aber von der Familie her Italiener. Trotzdem spreche er weniger italienisch als sie und das sei doch irgendwie ganz merkwürdig. Nicht, dass sie sich etwas einbilden würde auf die paar Brocken, die sie beherrsche … Sie war schon wieder ganz die Alte.

Jedenfalls würden sich die beiden Frauen in Gesellschaft der zwei Athleten völlig sicher fühlen können.

28. Kapitel

Später, als die Kinder schliefen und die Beschützer-Jünglinge Christines Einladung angenommen hatten, betrat er das Haus in Charlottenburg. Wie gewohnt nahm er drei Stufen auf einmal. Als er sein Stockwerk erreichte, blieb er plötzlich stehen. Seine Wohnungstür stand einen Spaltbreit offen. Er hatte nicht darüber nachgedacht, aber konnte es sein, dass der Typ hier auf ihn wartete? Eigentlich passte das nicht ins Bild, dachte er noch, da hatte er die Hand schon unter das Hemd geschoben, um die Automatik herauszuholen. Ganz langsam schob er die Tür weiter auf und spähte vorsichtig in den Wohnungsflur. Aus der fast geschlossenen Küchentür fiel ein Lichtstreifen hinein. Sonst war es überall dunkel. Leise schlich er sich in den Flur hinein und blieb an der Türfüllung zum Schlafzimmer stehen. Diese Tür war weit geöffnet. Blitzschnell fuhr er mit der Hand zu der Stelle, wo der Lichtschalter war und knipste ihn an. Das nächste, was in das Zimmer hineinlugte, war die Mündung seiner acht-schüssigen P6, Marke SIG-Sauer. Dann ein Auge. Hier war nichts. Aber dafür kam aus der Küche ein deutliches Geräusch. Conrad fuhr herum und rannte los. Als er fast da war, ging die Küchentür gerade auf.

»Hände hinter den Kopf!«, brüllte er die Gestalt an, die da heraustreten wollte. Es war Frau Krüger aus dem Erdgeschoss, in der Hand eine Gießkanne, die sie allerdings gerade fallen ließ. Zu Tode erschrocken seufzte sie mehr, als dass sie schrie, und sackte weg. Conrad konnte sie noch festhalten. Er legte sie auf das Bett im Schlafzimmer und vergewisserte sich, dass nichts Gravierendes vorlag. Einfach nur ein heftiger Schreck, weiter nichts. Nach kurzer Zeit konnte sie wieder sprechen und bald darauf auch aufstehen. Sie habe doch die Blumen gießen sollen. Sie erzählte auf seine Fragen hin schließlich auch von dem Heizungsmonteur, dem sie aufgeschlossen hatte, »wegen dem Gasding«. Sie konnte ihn auch ganz gut beschreiben, und diese Beschreibung passte zu dem, was Conrad von dem Unbekannten hatte sehen können. So weit war also alles klar. Conrad entschuldigte sich bereits zum dritten Male umständlich, er war von diesem misslichen Zusammentreffen beinahe ebenso mitgenommen wie die arme Frau. Die hatte inzwischen natürlich verstanden, dass mit diesem Monteur etwas faul gewesen war und klagte sich der schlimmsten Dummheit und Verantwortungslosigkeit an. Conrad gab sich nun seinerseits Mühe, ihr das wieder auszureden, und so ging das eine ganze Weile hin und her. Schließlich brachte er sie in ihre Wohnung hinunter. Dann stieg er wieder nach oben und inspizierte die Wohnung. Er fand alles ganz normal, der Eindringling hatte, soweit er das auf den ersten Blick sehen konnte, nichts mitgenommen und auch nichts hinterlassen. Ein irgendwie netter Eindringling. Conrad war weit davon entfernt, fahrlässig eine große Gefahr zu unterschätzen. Aber das Getue dieses geheimnisvollen Wunderjoggers und Filmschauspielers war doch viel zu behutsam und vorsichtig, um so richtig ernst genommen zu werden, fand er. Er hatte den Eindruck, der Typ wollte sich um keinen Preis die Finger schmutzig machen. Erst die Sache mit Lilli. Sie fand den Mann nett! Ihn, Conrad, und vielleicht auch Jule wollte der Mann erschrecken, aber er hatte hübsch manierlich darauf geachtet, Lilli zu verschonen. So war es auch bei der Kindergartensache gewesen.

›Hella hat von dem doofen Zettel in ihrer Tasche ja gar nichts mitbekommen und Tim auch nicht. Sie hätten ihn ja auch nicht einmal lesen können.‹ Der Junge im Kindergarten, den der Mann beauftragt hatte, den Wisch in den Brotbeutel zu stecken, hatte das in der großen Runde doch ganz lustig erzählt, soweit das vom Büro aus zu verstehen gewesen war, aber vor Conrad hatte er Angst bekommen.

Und bei Frau Krüger war es ähnlich gewesen. Die Wohnung war keineswegs verwüstet, das Türschloss in Ordnung …

›Also ist unser Mann doch eher ein echter Sonnyboy als ein gefährlicher Verbrecher, oder?‹, dachte er. Da war die harte Tour am Telefon gewesen, das hatte durchaus beängstigend gewirkt. Jedenfalls hätte er fast in den Kinositz gemacht. Aber am Ende hatte sich dafür der andere nass gemacht. Und bei Licht besehen, schien ihm die ganze Nummer ohnehin ein bisschen dick aufgetragen gewesen zu sein. Trotzdem war es aber wirklich langsam an der Zeit, diesen netten Herrn zu identifizieren und zu finden. Conrad hoffte, dass sich der Name im Abspann, wenn er denn überhaupt darin erwähnt war, irgendwie auch ohne besondere Apparatur entziffern lassen würde. Die Spule lag noch immer im Wagen. Er holte sie herauf und begann, sie abzuwickeln. Gegen das Licht linsend war erst nichts, dann eine Reihe blödsinniger Zeichen zu erkennen. Darauf folgten Zahlen von eins bis zwanzig. Was das bloß sollte? Dann wieder eine ganze Strecke schwarzen Bands. Nur an der einen Seite zog sich ein dünner, weißer Doppelstrich entlang. Es kringelten sich bereits einige Meter Filmband vor Conrad auf dem Fußboden, da sah er etwas. Das war nun aber wirklich winzig klein.

›*Babelsberg* könnte das hier mit den etwas dickeren Buchstaben heißen.‹ Er rollte weiter ab. Mit einem Blick aus dem Augenwinkel stellte er fest, dass die Kringel mittlerweile anfingen, sich kunstvoll ineinander zu schlingen.

›Das muss wohl *Catering* bedeuten. Was die in so einem Kurzfilmabspann alles aufführen … Und das? *Grip*? Was soll denn das sein?‹

Ein paar Meter weiter fand er Struves Namen. Aber keine Schauspieler- oder Sprecherangabe. Er stöhnte auf. Das durfte doch nicht wahr sein: *Grips* angeben, aber keine Schauspieler!

›Und was heißt das? Mainlinie? Nein, da steht Mainling! Idee: Jens Mainling steht da. Sieh an. Hat der gar nicht erwähnt. Hat eher so getan, als ob er den Film gar

nicht kennen würde. Warum hat Bode den bloß einge-
fahren? Ist vielleicht gar nicht dumm gewesen ...‹

»Nein!«, hatte Conrad vorhin noch ins Telefon gerufen und Bode hatte irritiert geantwortet: »Hä? Wieso nein? Doch, eben gerade, vor nicht mal 'ner halben
Stunde. Mainling heißt er, die Jungs haben ihn aus dem
Vorführraum des Hochschul-Kinos in Babelsberg geholt. Merkwürdig, da in Babelsberg hat schon einer in
Struves Büro rumgeschnüffelt, bevor meine Leute überhaupt angekommen sind. Muss ich mich noch drum
kümmern, rauskriegen, was da los war. Und Mainling
war wohl auch irgendwie merkwürdig. Er schwafel-
te angeblich noch was von wegen, die Bullen wüssten
wohl nicht, was sie wollen. Erst auf Kumpel machen,
dann die Handschellen rausholen. Hab ich nicht ka-
piert. Komischer Vogel.«

Diese Sache hatte Conrad dem Kollegen nicht erklärt. Nun, das ließ sich nachholen. Aber – Mainling
ein Mörder? Immerhin war es mehr als wahrscheinlich, dass Mainling diesen männlichen Darsteller oder
Sprecher kannte, wenn er irgendwie auch mit dem
Film zu tun gehabt hatte. Hatte Mainling ihn mit einer
bestimmten Absicht auf das Ding aufmerksam gemacht? Da war noch einiges zu klären, in der Tat! Was
nun mit diesem Zeug? Conrad machte einen beherz-
ten Versuch, den inzwischen ziemlich großen Haufen
heillos verhedderter Filmschleifen wieder zum Rest
auf die Spule zu wickeln. Aber wie er's auch anstell-
te, die Kringel waren so verdreht, dass es immer nur
schlimmer wurde. Fluchend nahm er schließlich eine
große Plastiktüte, steckte die Spule hinein und stopf-

te den übrigen Kladderadatsch hinterher. Im Kühlschrank fand sich noch ein Bier. Das nahm er heraus, gelobte sich, in Zukunft weniger zu saufen, und steckte es ein, nur für den Fall, dass es bei Christine nichts mehr zu trinken gäbe.

29. Kapitel

Am folgenden Morgen, einem Donnerstag, lief alles wie geplant. Christine ging den Wagen ihres Bekannten holen, der sich als sündhaft teurer Luxus-Van erwies. Nach dreißig Sekunden waren die überfallartig aus der Haustür stürzenden Kinder und Jule eingestiegen und Christine gab Gas. Die Kinder hatten ihren Spaß dabei, auch wenn sie nicht wussten, was das sollte. Conrad hatte echte Mühe, rechtzeitig zu Jules Auto zu stürzen und dem Van zu folgen, damit er ihn nicht aus den Augen verlor. Nein, ein anderer Wagen war nicht gestartet. Trotzdem blieb Conrad auf der Prenzlauer Allee hinter Jule und den anderen. Besonders Tim hatte einen Heidenspaß daran, ihm aus dem Heckfenster heraus Grimassen zu schneiden. Sie alberten eine Zeitlang herum, da waren sie schon fast auf dem Ring. Immer wieder kontrollierte Conrad durch die Rückspiegel, ob nicht hinter ihm ein Wagen klebte. Er ließ sich zurückfallen, holte dann wieder auf – keine Auffälligkeiten. Nach einer ganzen Weile steuerte er den Kleinwagen auf der Überholspur neben den Van, winkte und gab durch Handzeichen und Schulterzucken zu verstehen, dass er nichts Beunruhigendes bemerkt hätte. Jule und Christine nickten und winkten fröhlich zurück. Tim schnitt wieder Grimassen, diesmal durchs Seitenfenster. Hella und Lilli machten mit. Conrad warf ihnen zum Abschied eine Kusshand zu und fuhr bei Birkenwerder ab, zurück nach Berlin. Er wollte zwar heute wieder an die Müritz fahren, musste aber zunächst Jules Auto gegen das alte Wohnmobil tauschen. Erst am Nachmittag rollte das Gefährt schwer schaukelnd und schwankend über die holprige Zufahrt des Campingplatzes. Und obwohl er diesmal zum Arbeiten herkam, hatte er das beschwingte Gefühl, nun endlich könne der Urlaub beginnen.

30. Kapitel

Es hatte sich nicht viel geändert, allerdings sah der Platz insgesamt etwas leerer aus. Conrad konnte sich ein schönes Plätzchen am Waldrand aussuchen und hatte wegen des leicht ansteigenden Geländes trotzdem einen unverstellten Blick über den spätsommerlichen See. Kaum angekommen, ging er gleich zum Büro, um sich ordentlich wieder anzumelden. Wie lange war er jetzt in Berlin gewesen? Er rechnete. Richtig, zwei Tage und drei Nächte. Und Bode hatte er seit gestern Vormittag nicht wieder angerufen, was den sicher schon wundern dürfte. Er war einfach nicht in der Lage gewesen, irgendwelche Erklärungen oder Schilderungen der Berliner Ereignisse zu liefern, solange er sich noch um Jule und die Kleinen kümmern musste.

Holm war im Büro. Conrad begrüßte ihn herzlich: »Guten Tag, Herr Holm! Gut, dass Sie heute Dienst haben. Da kann ich Ihnen gleich meinen Dank aussprechen dafür, dass Sie meinen Namen nicht an die Medienhaie verfüttert haben.«

Holm wehrte bescheiden und gewohnt nüchtern ab: »Dergleichen Informationen weiterzugeben, gehört nicht zu meinen Aufgaben. Im Gegenteil, alle persönlichen Daten, die mir anvertraut werden, habe ich diskret zu behandeln und gegen unbefugten Zugriff zu schützen, Herr Conrad.«

Der antwortete mit einem Stöhnen: »Ich wüsste da jemanden, dem Sie das mal erklären müssten.«

»Wie bitte?« Holm war irritiert.

»Ach, vergessen Sie's. Ist 'ne andere Geschichte. Und wie sieht's hier aus? Ich bin ja nicht mehr ganz auf dem neuesten Stand.«

Holm zog einen dicken Umschlag hervor. »Zunächst einmal war Herr Bode vorhin hier. Diese Dokumente sollen Ihnen ausgehändigt werden, sobald Sie hier eintreffen. Er wusste nicht, wann das sein würde, aber er schien mit Ihrer baldigen Ankunft zu rechnen. Ich kenne den Inhalt des Umschlages zwar nicht, vermute aber, dass Sie daraus Genaueres erfahren können, als ich Ihnen mitteilen könnte. Ich habe aber natürlich zur Kenntnis nehmen müssen, dass Herr Bode den jungen Herrn Mainling, der hier bei uns stundenweise im Bootsverleih tätig ist, stark verdächtigt, Herrn Struve getötet zu haben. Ich darf mir vielleicht erlauben hinzuzufügen, dass Herr Mainling schon recht lange hier beschäftigt wird, er gehört schlicht zum Team, wie man so sagt. Er darf sich großer Beliebtheit bei Gästen und Mitarbeitern erfreuen. Zu Recht, wie mir scheinen will. Sie können sich also die Betroffenheit vorstellen, mit der die Nachricht von seiner Verhaftung aufgenommen wurde.«

»Hm ...«, war alles, was Conrad dazu sagte, während er das große Couvert in den Händen drehte. Das sah tatsächlich nach Arbeit aus.

»Also, dann werd ich mir das mal ansehen. Ich danke Ihnen, Herr Holm.«

»Ich wünsche einen angenehmen Aufenthalt. Wie lange gedenken Sie diesmal, bei uns zu bleiben? Und haben Sie vielleicht noch irgendwelche Wünsche? Ich könnte Ihnen beispielsweise …«

Conrad fiel ihm erfreut ins Wort: »Brötchen reservieren? Ja, unbedingt. Geht das auch übers Wochenende? Ja? Das ist ja wunderbar! Drei Stück müssten reichen. Jeden Morgen. Wie lange, kann ich noch nicht sagen. Ein paar Tage?«

Bei einer Frau Roth, die ungefähr so freundlich wie ein Berliner Türsteher war, und von deren Existenz er bisher lediglich aus der Personalliste gewusst hatte, kaufte Conrad ein paar Dinge im Kiosk ein. Da die Sonne prall und warm auf den See schien, machte Conrad es sich mit einem großen Becher pechschwarzen Kaffees im Freien an seinem Klapptisch bequem. Sogar an einen Stuhl hatte er vor der Abfahrt gedacht, sodass er sich diesmal keinen leihen musste. Er begann, die Papiere durchzusehen. Bode hatte etwas auf einen zuoberst liegenden Zettel gekritzelt: »Schönen Gruß von Dr. Merz. Sie sollen das Hochschul-Kino gern mal wieder besuchen.« So, der Kollege hatte also inzwischen herausgefunden, dass er, Conrad, der Mann gewesen war, der kurz vor Bodes Mitarbeitern in Babelsberg aufgetaucht war. Ja, diese Frau würde er in der Tat gern mal wieder besuchen.

Der Umschlag enthielt den vorläufigen Obduktionsbericht, aus dem Bode ihm telefonisch bereits Auszüge vorgelesen hatte, und eine Zusammenstellung der

Zeugenaussagen, die hier auf dem Platz gesammelt worden waren. Zum Glück handelte es sich hierbei lediglich um eine Auswahl. Was irrelevant erschien, und das war der weitaus größte Teil, war weggelassen worden. Ferner lagen die persönlichen Ausweispapiere Struves in Kopie bei, wie Führerschein und Pässe, aber auch Kreditkarten, Krankenversicherungsausweise und so weiter. Eine Kopie des Totenscheins. Dann natürlich die Ergebnisse der Spurensicherung, noch nicht endgültig, aber immerhin. Schließlich fand Conrad ein Dossier über die Ergebnisse der Durchsuchung der Wohnung Struves sowie seines Arbeitszimmers in Babelsberg. Das sah er sich als Erstes an. In Struves Büro war nichts von Belang gefunden worden. Conrad konnte froh sein, dort nicht viel Zeit geopfert zu haben. Die Wohnung war offenbar geradezu vollgestopft gewesen mit den Utensilien Struves sexueller Vorlieben. Dazu massenweise Hochglanzhefte und Videos, zu einem geringen Teil auch indizierte, aus dem SM-Bereich. Das konnte man als Struves Privatsache ansehen. Keine Hinweise auf andere, etwa als gefährlich einzustufende Neigungen. Ansonsten typisch männlicher Singlehaushalt, wenn auch auf finanziell sehr hohem Niveau. In Kopie dann eine allerdings auffällige handschriftliche Aufstellung bestimmter Vorgänge, bei denen es den Titeln nach zu urteilen um eine Art Drehbuchhandel zu gehen schien. Ganz offensichtlich bezog Struve Drehbücher oder auch nur Entwürfe von Lieferanten, vermutlich Studenten, und bezahlte sie. Darüber führte er akribisch Buch. So weit, so einfach. Nur fragte sich generell, was der Dokumentarfilmer Struve mit

Drehbuchentwürfen wollte. Oder mit sonstigen Ideen, die wiederum, nur den Titeln nach zu urteilen, jedenfalls dem Bereich Fiktion zugeordnet werden konnten. Eigentlich drängte sich da nur eine Antwort auf: Er hatte sie vermutlich weiterverkauft. Und damit einen hübschen Gewinn erwirtschaftet. Nach einem analog dazu geführten »Verkaufsbuch« war denn auch gesucht worden, leider ohne Erfolg. Conrad sah auf. So ein Verhalten war möglicherweise gar nicht einmal unüblich, wer konnte das wissen. Die Studenten, die doch von ihren Professoren gefördert werden sollten, waren in dieser Sache jedenfalls die Dummen. Obwohl sie sich natürlich mit der Annahme einer gewissen Summe zu dem Deal bereiterklärt hatten. Die Liste enthielt die Namen einer ganzen Reihe verschiedener Lieferanten. Aber keiner kam so häufig vor wie Jens Mainling. Der Kommissar schüttelte den Kopf. Auch *Talk* war demnach wohl eigentlich ein Mainling-Film, den er gegen ein paar Scheine an Struve verkauft hatte. Gerade mal im Abspann durfte sein Name noch kurz auftauchen, der gesamte Film aber segelte unter Struves Flagge. Und Struve hatte dafür sogar einen Preis eingeheimst, samt dazugehörigem Renommee. Dass er überhaupt diesen »Spielfilm« gemacht hatte, vermochte angesichts der betont sexuellen Ausrichtung von Struves privaten Interessen eher weniger zu verblüffen. Conrad nahm nun die Kopien der Papiere Struves zur Hand. Geboren 1944 in Münster. Letzter im Personalausweis angegebener Wohnort Berlin, Limonenstraße. Conrad konsultierte einen zerfledderten Berliner Stadtplan, den er in Jules Handschuhfach gefunden hatte. Tatsächlich Dahlem, wie er schon gedacht hatte, augenscheinlich eine ruhige Straße zwischen der FU und dem Botanischen Garten, sicher hübsch teuer. Des Weiteren gab es die üblichen Bescheinigungen und Mitgliedskarten verschiedener privater Versicherungen – sie waren Conrad herzlich egal. In einem Reisepass von anno dazumal, den Struve aus nostalgischen Gründen aufbewahrt haben mochte, waren mehrere Visa-Stempel für DDR-Aufenthalte. ›Später Bode fragen, ob darüber etwas bekannt ist‹, dachte Conrad.

Der Führerschein. Neu ausgestellt vor weniger als zwei Jahren, vielleicht hatte Struve das Original verloren. Ausschließlich für Klasse drei, sonst keinerlei Einträge. Weiter ging es mit den Zeugenaussagen. Das sah aber wirklich hässlich aus für Mainling. Von mehreren Zeugen, alle namentlich aufgeführt, war er am Abend vor dem Mord in Begleitung Struves gesehen worden. War mit ihm schwimmen gegangen. War auch mit ihm in dessen Wohnwagen gestiegen. Drinnen war es nach einiger Zeit laut geworden, Zeuge: Heinrich Lowitz.

›Soso, unser Herr Aufpasser mal wieder. Ein Schnüffler ist der also auch noch‹, dachte Conrad. Dann wurde es ein bisschen unübersichtlich: Es schien fast so, als habe Struve, oder zumindest jemand, der Struve hätte sein können, in der Dunkelheit den Campingplatz verlassen. Das war ja interessant! Viel später dann, zur ungefähren Tatzeit, war Mainling auf dem Platz herumgelaufen, dies wurde von immerhin zwei Personen bezeugt. Conrad warf einen schnellen Blick auf die Blätter mit den Laborsachen. Mainlings Fingerabdrücke hatten sich zuhauf in Struves Wohnwagen gefunden, auf dem Weinglas, auf dem Tisch, am Türgriff – das bewies allerdings gar nichts. Aber auf der Brieftasche des Opfers, in der bis auf ein paar Münzen kein Bargeld gefunden wurde – das war schon weniger angenehm für Mainling.

Sonst nichts.

›Bisschen dünn‹, fand Conrad, ›bisschen dünn, aber immerhin ...‹ Der Totenschein und der Obduktionsbericht enthielten nur wenige Neuigkeiten von Belang. Immerhin wurde klargestellt, dass der Täter sein Werk nicht mit bloßen Händen, sondern mit Handschuhen vollbracht hatte. Abdrücke und Partikel auf der Haut am Hals des Toten stammten von schwarzen Handschuhen aus handelsüblichem Leder. Andere Werkzeuge waren nicht benutzt worden. Das Opfer hatte keine sonstigen Verletzungen mit Ausnahme des von Bode schon erwähnten Kratzers in der Hornhaut des linken Auges sowie eines Blutergusses am Handgelenk, ebenfalls links. Herkunft in beiden Fällen nicht geklärt. Aber dann kam doch noch etwas: Anhand einiger Spermareste in seiner Schambehaarung konnte festgestellt werden, dass Struve unmittelbar vor oder während seiner Ermordung ejakuliert hatte.

›Also langsam nervt's‹, dachte Conrad, und Frau Wilhelms Theorie fiel ihm natürlich auch wieder ein. Andererseits – gab es so etwas nicht auch bei Exekutionen? Als sozusagen normaler Vorgang, vorausgesetzt, man wollte überhaupt irgendwelche Begleitumstände einer Hinrichtung als normal bezeichnen? Stirnrunzelnd ließ Conrad den Bericht sinken. Er hatte plötzlich entschieden keine Lust mehr, sich mit diesem Zeug zu befassen.

Nun, für den Moment gab es ohnehin nichts mehr zu tun. Er packte die Dokumente wieder in den Umschlag, kletterte ins Innere seines Wohnmobils und versteckte sie unter der Mülltüte im Abfalleimer. Dort lag auch schon seine Pistole.

Den Rest des Tages verbrachte Conrad mit Schwimmen. Die Badehose hatte er doch noch zwischen den mitgebrachten Kleidungsstücken gefunden. Da hätten die Kinder zu Hause lange suchen können. Die Sonne senkte sich allmählich dem gegenüberliegenden Ufer zu. Es war so weit entfernt, dass es auch eine Wolkenbank hätte sein können. Das Wasser empfand er nur zu Beginn als kühl. Er schwamm und schwamm. Es tat so gut, dass er einfach nicht aufhörte. Währenddessen durchdachte er den Fall einmal mehr. Da war etwas, was ihn irritierte, und ihm schien, es müsse mit den abgelichteten Papieren des Ermordeten zu tun haben. Aber natürlich würde er nicht dahinterkommen, was es war, solange er direkt versuchte, es zu fassen. Und es hatte vielleicht mit Bode zu tun. Ein ganz und gar unangenehmer Gedanke, den er zu vertagen beschloss. Gut. Es war natürlich offensichtlich, dass ihm noch Informationen fehlten. Viele davon konnte Bode ihm verschaffen. Morgen früh würde er ihn zu treffen versuchen. Auch hatte er Informationen, die Bode fehlten, ob der sich nun für sie interessieren würde oder nicht. Jedenfalls war für Conrad klar, dass die Geschichte mit der Verhaftung Jens Mainlings nicht unbedingt abgeschlossen war. Seine Gedanken drifteten weg zu Erinnerungen anderer Art. Wieder wurde ihm bewusst, wie erleichtert er war, seit er Frau und Kinder in Sicherheit wusste. Er stellte sie sich alle vor, sozusagen in Lebensgröße. Tim, Hella, Lilli, Jule. Und wieder überkam ihn so eine Anwandlung, sicher etwas rührselig und sogar ein bisschen schuldbewusst, aber vor allem liebevoll. Wieso hatte er in letzter Zeit so oft an seiner Ehe gezweifelt? Und auch an der Art Familienleben, das sie führten? Was wollte er denn noch? Gleich drei so wundervolle Kinder, die ihn immer wieder glücklich machen konnten, die ihrerseits ziemlich glücklich wirkten, und die ihn brauchten. Und Jule. Ja, eigentlich ... Früher war es leichter gewesen und es hatte keine allzu schlimmen Gegensätze gegeben. Dann war eine Entwicklung eingetreten, die den unscheinbarsten Dingen immer mehr Schwere verliehen hatte. Verletzter Stolz, verletzte Eitelkeiten, Eifersüchteleien. Eigentlich lauter Dummheiten. Man versöhnte sich wieder. Aber es ging dann bald von neuem los. Er dachte daran, wie sie sich kennen gelernt hatten, und es kam ihm so vor, als seien das zwei ganz andere Menschen gewesen. Jedenfalls hatte sich das in Hamburg abgespielt, Jule war ein Mädchen, das er ein paar Male in einer der zahllosen Altonaer WGs traf, knapp über zwanzig, auf eine unauffällige Art hübsch, und beste Freundin seiner Angebeteten, einer gewissen Flo. Die wohnte natürlich auch in dieser WG, deshalb ging er ja dorthin. Er kannte Flo eigentlich nicht besonders gut, hatte sich aber nun einmal in sie verguckt, und zwar auf einer Fahrrad-Demo. Nun waren Fahrrad-Demos sogar damals schon nicht mehr das, was man als »hip« bezeichnen konnte, aber wegen einer Serie scheußlicher Unfälle auf immer derselben Straße, bei denen häufig Kinder die Opfer gewesen waren, hatte sich damals ein ganzer Stadtteil auf teilweise ziemlich heftige Weise gegen die Übermacht des Autofetischismus erhoben. Es gab massenweise Sachbeschädigungen und leider auch neue Unfälle wegen ausrastender Fahrer. Conrad, inzwischen seit Ewigkeiten selbst Autofahrer, konnte sich einiger Aktionen auch in jüngerer Zeit erinnern, die aus ganz ähnlichen Gründen in Berlin stattgefunden hatten. Nach einigen Besuchen in jener WG waren Flo und er »zusammen«. Das ging nur ein paar Wochen gut, Flo interessierte sich wohl mehr für einen anderen Typen, an den sie aber nicht herankam. Zehn Minuten nachdem sie Conrad eröffnet hatte, dass die »Beziehung nicht optimal« laufe, lag er glücklich auf Jules Hochbett. Jule und er hatten sich nämlich schon die ganze Zeit über prächtig verstanden, Conrad hatte sehr gern mit ihr in der Küche gehockt und den Tee kalt werden lassen, den er für Flo gekocht hatte, und auf den sie in ihrem Zimmer wartete. Insgeheim waren sie von Anfang an ineinander verliebt gewesen, und sie hatten es auch beide geahnt. Nur ging das ja nicht. Flo war aber auch jetzt, wo es sehr wohl ging, stinksauer und kündigte Jule die Freundschaft und das Zimmer. Das konnte sie tun, da sie den Mietvertrag unterschrieben hatte, doch die restlichen Mitbewohner drohten, in diesem Falle ebenfalls auszuziehen, und so konnte Jule dableiben. Flo zog etwas später selbst aus, aber nicht, weil die Sache sie noch groß geärgert hatte, sondern weil sie nun doch an jenen anderen Typen herangekommen war. Conrad hatte ihr Zimmer bezogen und alle waren glücklich gewesen. Er erfreute sich an diesen Erinnerungen. Sie waren zwar ein bisschen albern, aber auch romantisch, und das passte gut zu seiner Stimmung, während er durch die zunehmend goldglitzernden Lichtreflexe auf dem Wasser dahinschwamm. Gelassen stellte er fest, dass er sich mittlerweile fast einen Kilometer vom Ufer entfernt haben musste. Normalerweise hätte ihn dies beunruhigt, da er vor Jahren einmal in nicht halb so großem Abstand zum Ufer einen hübschen Wadenkrampf bekommen hatte und sich nur mit Mühe hatte retten können. Aber heute machte er sich keine Sorgen, er war unglaublich entspannt. Nachdem er gut und gern eine Stunde lang herumgeschwommen sein mochte, zog er sich angenehm ermüdet auf den Bootssteg. Heute Nacht würde er gut schlafen, so viel stand fest. Mit lahmen Gliedern, aber hungrig, trottete er zu seinem Platz. Er aß in fünf Minuten alles, was er eingekauft hatte, und noch bevor es richtig dunkel wurde, schnarchte er bereits geräuschvoll einem neuen Tag entgegen.

31. Kapitel

Conrad erwischte Bode erst kurz vor elf Uhr vor dem Gebäude der Kripo in Neustrelitz, wo der mecklenburgische Kollege sein Büro hatte. Bode unterhielt sich gerade mit einer uniformierten Beamtin, die im Begriff schien, in einen am Straßenrand geparkten Privatwagen zu steigen, wahrscheinlich, um ins Wochenende zu fahren.

»Hallo Conrad! Na, das wurde aber auch langsam Zeit«, begrüßte ihn der Kollege fröhlich, »ich dachte schon, Sie würden sich überhaupt nicht mehr blicken lassen bei uns in der Provinz. Haben Sie die Unterlagen bekommen, die ich auf dem Campingplatz für Sie hinterlegt hatte?«

Conrad nickte und schüttelte Bodes Hand. Der wies dann auf die Frau neben sich und sagte: »Sie werden sich erinnern. Dies ist die eine Hälfte der Streifenbesatzung, die mit ihrem Blackout am Fundort zu einer gewissen Berühmtheit gelangt ist. Inzwischen interessiert sich allerdings niemand mehr dafür.« Conrad sah die junge Beamtin an und gab auch ihr die Hand. Sie erwiderte seinen Blick ein wenig verlegen. Wie schön sie war. War ihm gar nicht so aufgefallen bei ihrer ersten kurzen Begegnung. Irritierend vor allem der Mund.

»Ich denke, es gibt Wichtigeres, als sich über so einen unbedeutenden Vorfall allzu viele Gedanken zu machen. Sie sind sicher selbstbewusst genug, um so etwas schnell vergessen zu können. Übrigens war mein Auftritt ja auch nicht sonderlich überzeugend.« Sie lachte und ihre Augen blitzten lustig, wirkten dabei aber dennoch ganz leicht verschleiert, wie es manchmal bei Kurzsichtigen der Fall ist. Das hatte Conrad schon immer sehr gut gefallen, und so bedauerte er ein wenig, dass die Beamtin sich verabschiedete und wegfuhr.

»Zur Anstellung?«, fragte er Bode. Der bejahte und fügte hinzu: »Ist noch nicht besonders lange dabei. Berit Wilhelm heißt sie. Wie sich herausgestellt hat, ist sie die Tochter von – na wem?«

Conrad zog die Brauen hoch. »Von der Wilhelm aus dem Kiosk?«

Bode grinste. »Erraten. Kommen Sie rein, ich zeig Ihnen etwas.« Bodes Büro war nicht Bodes Büro. Es war ein recht großer Raum in dem vier Schreibtische standen. Auf jedem ein Telefon, doch nur auf einem ein PC. Zwei Beamte in Zivil saßen davor. Sie blickten kurz auf und erwiderten Conrads Gruß. Bode fischte ein Protokoll von einem der Tische.

Er sagte: »Den genauen Hergang habe ich noch nicht rekonstruieren können. Einige Zeugenaussagen vertragen sich schlecht oder gar nicht hiermit. Krassestes Beispiel: Ein Zeuge will im Männerklo gewesen sein, als Struve längst tot war, aber eine Leiche hat er nicht gesehen. Ärgerlich, aber Sie wissen ja, so ist das manchmal. Ich hoffe, ich krieg das noch zur Deckung. Aber selbst, wenn nicht: Ich habe das hier.« Es handelte sich um mehrere Seiten, und am Ende die Unterschrift von Jens Mainling.

Conrad fragte knapp: »Ein Geständnis?«

Bode war dabei, ihnen Kaffee aus einem kränklich vor sich hin röchelnden Automaten einzuschenken. »Ja. War wirklich einfach. Der Junge ist nicht der Richtige, um so etwas lange mit sich herumzuschleppen. Der konnte seine Geschichte gar nicht schnell genug loswerden. Dieser Kaffee hier ist genauso, wie er aussieht. Nehmen Sie's bitte nicht persönlich.«

Conrad dankte und schlürfte tapfer. Er blätterte im Protokoll. Als Motiv hatte Mainling ständige finanzielle Übervorteilung durch Struve angegeben. Konnte man sich dagegen nicht auch anders zur Wehr setzen? Bode sah ihm über die Schulter und schien seine Gedanken zu lesen.

»Mainling ist ein Softie. Der wehrt sich nie so richtig. Bis es zu viel wird und er ausrastet. Scheint auch 'ne komische Familiengeschichte zu haben. Wir haben das ein bisschen recherchiert, weil er behauptet, von den verstorbenen Eltern Schulden übernommen zu haben. Was er uns nicht gesagt hat, ist, dass er einen psychisch angeknacksten älteren Bruder versorgt. Der wohnt bei ihm und tut nichts. Angeblich ein harmloser, netter und verwirrter Kerl, lässt sich nur eben von allen Seiten bedienen. Na, das kostet natürlich. Ich glaube, das ist der Grund für Mainlings chronischen Geldmangel.«

»Ja, das klingt plausibel«, murmelte Conrad zustimmend. »Und deshalb hat er Struve die Ideen zu all den Filmen verkauft, die er eigentlich selbst hätte machen sollen. Und eines Tages ist er ausgerastet, wie Sie sagen. Erklärt aber nicht die Belästigung meiner Familie.«

Bode sah auf. »Nun erzählen Sie mir endlich mal, was da in Berlin eigentlich los war.«

Conrad berichtete von den verschiedenen Vorfällen. Von Lilli und dem Piloten. Von Hella und dem Kindergarten. Von der Verfolgung des Mannes. Von dem Eindringen des Mannes in seine Wohnung. Aber ein paar Sachen ließ er aus. Wie merkwürdig es war, dass der Mann seine Handynummer gehabt hatte, die er nur Jule gegeben hatte. Die nicht auf irgendeinem Zettel in seiner Wohnung herumgelegen hatte. Dann die Kontaktlinse, die er gefunden hatte. Es war doch immerhin denkbar, dass es hier eine Spur zu verfolgen gab, die zu jemand ganz anderem als Jens Mainling führen würde. Und dass er die Kinder und Jule nun sicher in einer verschlafenen Hamburger Siedlung wusste. Denn all dies brauchte der Kollege hier im Moment nicht zu wissen.

Möglicherweise war da etwas faul.

Zu Bodes Verwunderung stellte er die Tasse auf den Schreibtisch und verabschiedete sich unvermittelt.

32. Kapitel

Im Radio lief *Wild Wood* von Paul Weller. Die Sonne schien weiterhin unverdrossen auf die schöne Wald- und Seenlandschaft herunter. Das Wochenende begann, die Vorboten der Berliner Kolonnen rollten bereits über die Straßen, alle Welt war dabei, sich auf ein oder zwei unbeschwerte, fröhliche Tage vorzubereiten. Conrad starrte unendlich schlecht gelaunt auf die schmale Fahrbahn vor ihm, wenn man das, worauf er da herumruckelte, als eine solche bezeichnen konnte. Bode. Wie denn sonst? Der Gedanke hatte ihn schon ein paar Male gestreift, aber er hatte ihn als Paranoia abgetan. Doch was konnte es schon helfen, sich etwas vorzumachen? Die einzige Stelle, wo man seine verdammte Handynummer herauskriegen konnte, war der Laden in Mirow, wo sie vergeben worden war. Die Daten waren natürlich geschützt, klar. Der Laden gab so etwas garantiert nicht an jeden hergelaufenen Fratz weiter, aber an die Polizei schon. Formalrechtlich gehörte dazu auch noch eine richterliche Anweisung – nun ja, kein Problem, ein Fax hin, ein Fax zurück. Oder auch nicht, so etwas ging oft genug auch ohne, das wusste er ja schließlich selber sehr gut. Und die Polizei hieß in dieser Sache Bode. Der schmierige Verkäufer in dem Laden würde sich einem wie dem bestimmt nicht lange widersetzen.

Also gut: Bode. Vermutlich wieder einer von der korrupten Sorte, die mit gezinkten Karten spielte. Die Conrad schon immer die Vergeblichkeit moralisch halbwegs integrer Polizeiarbeit vor Augen geführt hatte. Stellte sich die Frage: Was sollte das alles?

Am frühen Abend ging Conrad wieder schwimmen. Vielleicht, dachte er, dass Schwimmen die Leistungsfähigkeit seines Hirns fördere – immerhin hatte er noch eine vage positive Erinnerung an seine gestrigen Überlegungen zu Wasser. An Bode hatte er gestern auch gedacht, nur war es dabei nicht um die Telefonnummer gegangen. Es hatte sich um irgendein Detail aus den Unterlagen zum Ermittlungsstand gehandelt, das nicht stimmig gewesen war, nur hatte er es nicht zu fassen bekommen. Und auch jetzt, da er wieder einmal alle Einzelheiten der Sache Revue passieren ließ, war ihm, als rege sich ein leiser Widerstand in ihm gegen die Struve-Akte. Und endlich, als er sich schon, beinahe ebenso ermüdet wie am Vortag, aus dem Wasser zog, sah er den Toten wieder vor sich liegen. Mit Würgemalen, mäßig ausgeprägt, nackt, etwas verdreht auf den Fliesen, mit leeren, grünlichen Augen. Grün. Und dann war da eine Autofahrt auf der Potsdamer Chaussee, Bodes Stimme am Telefon: Struve eindeutig identifiziert, mittelblond, Augen graublau und so weiter. Graublau. Und so stand es auch in Struves Personalausweis. Sie waren aber grün gewesen. Conrad zog sich an und machte sich auf die Suche nach Herrn Franke, dem

Mann, der Struve als Erster tot in der Baracke hatte liegen sehen.

Herr Franke war noch nicht abgereist. Conrad fand ihn nach kurzem Herumfragen unter den Gästen vor einem riesenhaften Hauszelt an einem Plastiktisch sitzen. Tatsächlich handelte es sich um den Mann, den er am Montagabend zu den Duschen hatte gehen sehen, als er nach Berlin abfuhr. Zunächst fiel Franke allerdings kaum auf, denn auf dem anderen Stuhl, ihm gegenüber, saß eine geradezu unfassbar voluminöse Frau, die wortreich und laut auf eine andere Dame einredete. Diese gehörte wohl zu der strahlend weißen Wohnmobileinheit nebenan, die eine belgische Zulassung trug und sicher an die acht Meter lang war. Die Belgierin, ganz in zartviolett gekleidet, verstand offenbar kein Wort von dem, was die opulente Nachbarin ihr mitzuteilen hatte. Da Letztere bedauerlicherweise »nicht belgisch sprechen« konnte, steigerte sie – kein Opfer scheuend – einfach die Lautstärke des Gesagten und unterstützte es mit sukzessive ebenfalls immer nachdrücklicher ausfallenden Gesten.

Nachdem Conrad eine Weile höflich vor dem Ehepaar Franke (er nahm an, es handele sich um Eheleute) herumgestanden hatte, zückte er seinen Dienstausweis, hielt ihn dem Mann vor die Nase und rief, die Dicke übertönend: »Kriminalpolizei! Wenn Sie mich bitte für einen Augenblick begleiten würden.«

»Ach je, schon wieder so'n Kriminaler«, kommentierte die Dicke ungnädig und verdrehte die Augen. »Das ist ja die reinste Epidemie hier. Ja, eine Epidemie! Das müssten Sie doch verstehen, oder haben Sie etwa nicht solche Fremdwörter in Belgien? Ja, wenn Sie überhaupt nichts verstehen, was wollen Sie denn dann überhaupt hier?« Conrad bekam nicht mehr mit, wie die belgische Dame darauf reagierte, da Herr Franke sich inzwischen erhoben und mit einer einfachen Geste seine Bereitschaft zum Gespräch signalisiert hatte. Sie gingen das Stückchen zum Kiosk, wo einiger Betrieb herrschte, da mittlerweile eine Menge Neuankömmlinge eingetroffen waren. Einen freien Tisch unter den Sonnenschirmen fanden sie dennoch. Conrad fragte Herrn Franke, ob er ihm etwas zu trinken mitbringen solle, er selbst habe Lust auf ein Bier. Franke schien nicht recht zu wissen, ob dies eine Einladung war, und wenn, ob er eine solche annehmen konnte. Etwas unentschlossen starrte er auf die aushängende Preistafel.

»Na, ich werde mal zwei Bier holen«, half Conrad nach und nachdem er das Gewünschte erhalten hatte, setzte er sich Franke gegenüber.

Der Mann war noch nicht alt, an die sechzig höchstens, und wirkte überdies sehr gesund, wenn nicht sogar trainiert. Er bedankte sich für das Bier und fragte dann direkt: »Nun, was wollen Sie von mir wissen? Ich kann mir keine Frage mehr denken, die mir nicht bereits gestellt wurde und bin gespannt, ob Sie eine finden werden.«

»Viele Fragen sind es nicht gerade, die ich Ihnen stellen möchte«, antwortete Conrad, »genau genommen nur eine: Welche Augenfarbe hatte die Leiche?«

Franke war überrascht. »Also das hat mich nun tatsächlich noch keiner gefragt. Aber jedenfalls: Er hatte grüne Augen.«

»Sicher? Sie können sich mit solcher Entschiedenheit erinnern, dass er grüne Augen hatte?«

»Ja.«

Conrad drehte seinen Kopf weg, sodass Franke sein Gesicht nicht mehr sehen konnte.

»Also nun doch noch eine zweite Frage: welche Augenfarbe habe ich?«

»Blau«, kam die prompte Antwort, »blau und ein wenig wässrig, wenn ich das sagen darf.«

»Treffer!«, sagte Conrad, trotz dieser wenig schmeichelhaften Beschreibung erfreut. »Sie haben offenbar eine zuverlässige Beobachtungsgabe. Sagen Sie – hatten Sie später, als schon reichlich viele Leute in der Baracke herumstanden, den Eindruck, dass – wie soll ich sagen – dass sich die Augenfarbe des Toten geändert hätte?«

»Geändert?« Franke legte den Kopf schief und sah Conrad interessiert an, allerdings hatte Conrad das beunruhigende Gefühl, dieses Interesse galt mehr ihm selbst, also seiner Person, als seiner Frage. Mit anderen Worten: So, als halte Franke ihn für nicht ganz dicht.

»Ja. Geändert«, gab er leicht gereizt zurück. »Sie wissen schon: von grün nach braun zum Beispiel … oder nach wasserblau … oder vielleicht graublau …«

»Nein, so etwas ist mir nicht aufgefallen«, sagte Franke mit einer gewissen Behutsamkeit, »und ich wüsste auch nicht, wie das vonstatten gehen könnte. Übrigens habe ich die Duschräume kurze Zeit nach Ihnen verlassen. Ich kann also nicht sagen, ob mit den Augen dieses Mannes danach vielleicht irgendetwas in Ihrem Sinne geschehen ist …«

»Sie sind gegangen? Wann?«

»Bald nach Ihnen, wie gesagt. Vielleicht fünf Minuten, vielleicht auch nur drei. Ich wusste nicht mehr, wozu ich da noch herumstehen sollte.«

»Und bis dahin ist nichts passiert?«

»Nein, nichts, natürlich nicht. Sie haben doch selbst ausdrücklich gesagt, niemand solle etwas anrühren.«

»Und das hat auch keiner getan?«

»Solange ich da war, nicht.«

»Also gut.« Conrad trank seine Flasche aus, nicht ohne zu bemerken, dass Frankes Bier noch beinahe voll war. »Herr Franke, ich möchte mich für Ihre Bereitschaft, nochmals eine Befragung über sich ergehen zu lassen, bedanken. Trotzdem, zum Abschluss noch einmal in aller Deutlichkeit: Sie sind absolut sicher, dass seine Augen grün waren?«

»Aber ja.«

»Hervorragend.« Conrad verabschiedete sich beschwingt und ließ einen leicht irritierten Franke am Tisch sitzen. Er überlegte, wie der es bloß mit so einer Frau aushielt, der wirkte doch ganz vernünftig.

›Egal, sein eigenes Problem‹, dachte er, und dann: ›Jetzt aber mal nachsehen, wo diese grüne Kontaktlinse aus der Baracke abgeblieben ist. Ins Portemonnaie gesteckt, oder? Ja, Gott sei Dank, da ist sie ja! Hoffentlich nicht allzu zerkratzt – hätte man ja wirklich etwas schonender aufbewahren können, wenigstens in irgendwas einwickeln. Aber was soll das jetzt eigentlich bedeuten?‹ In der Tat stellte sich die Frage: Wieso hatte Struve diese gefärbten Linsen getragen, von denen nur eine aufzufinden gewesen war? Von einer Fehlsichtigkeit war Conrad bisher nichts bekannt. Handelte es sich bloß um kosmetische »Placebos« ohne Wirkung auf die Sehschärfe? Fand Struve sich mit grünen Augen einfach schöner? Eigentlich schien er Conrad nicht der Typ für so etwas gewesen zu sein, aber immerhin war es doch eine Möglichkeit. Nur ließ sich damit die härteste Nuss nicht knacken: ›Warum hatte Struve die Dinger dann plötzlich nicht mehr in den Augen?‹, fragte er sich, und: ›Warum habe ich nur die eine gefunden? Wo ist die zweite?‹

33. Kapitel

Am nächsten Morgen rief Jule an. In Hamburg sei alles in Ordnung, allen ginge es gut. Christine habe kein Problem mit Jules Eltern, im Gegenteil, sie habe deren Einladung, ebenfalls ein paar Tage zu bleiben, gerne angenommen.

»Die Kinder laufen schon seit sie aufgewacht sind im Garten herum und lassen uns in Ruhe. Und gestern haben sie den ganzen Tag nichts anderes getan. Ach Hans, irgendwann haben wir auch ein Haus mit großem Garten.«

Das war ein Dauerthema zwischen ihnen. Conrad konnte, so oft er wollte, auf die viel zu hohen Preise hinweisen, Jule träumte doch von einem Haus mitten in der Stadt und mit möglichst parkähnlichem Garten drumherum. Insgeheim hätte Conrad ihr diesen Traum natürlich nur zu gern erfüllt: Er wusste ja selbst, dass sie längst viel zu beengt und eigentlich auch kinderunfreundlich wohnten. Bei ihnen gab es nur einen engen, fast vollständig asphaltierten Hinterhof, in den kaum einmal direktes Sonnenlicht hineinfand, also wollten die Kinder lieber auf der Straße spielen. Doch dazu war Tim noch viel zu klein, und auch Hella war noch lange nicht völlig »verkehrssicher«. Und überhaupt, jetzt, nach der Sache mit dem Fremden … Kein Wunder, dass Jule der Garten ihrer Eltern paradiesisch erschien. In Momenten großer Offenheit hatten sie darüber gesprochen, was mit dem Haus geschehen würde, wenn Jules Eltern eines Tages sterben oder auch nur stark pflegebedürftig werden sollten. Jule hatte drei Geschwister. Nur ihr ältester Bruder würde vielleicht in der Lage sein, das noch immer nicht ganz bezahlte Haus zu übernehmen und die anderen auszuzahlen, und wenn auch er es nicht tun könnte, so müsste man eben verkaufen. Trotzdem hielt Jule mehr oder weniger heimlich an der Wunschvorstellung fest, dass sie irgendwann in diesem Haus wohnen würden – für Conrad ein Albtraum, da er derartige Wohnviertel, in denen er lauter Finanzbeamte und sozialdemokratische Studienräte vermutete, partout nicht ausstehen konnte.

›Aber selber bei der Bullerei arbeiten‹, konnte Jule dann bissig anmerken und schon hatten sie den schönsten Ehekrach.

»Logo«, antwortete Conrad nun mit nur ganz wenig Ironie in der Stimme, denn das ließ Jule meistens durchgehen. »Übrigens würde ich gern mal mit einem unserer Prachtkinderlein reden. Meinst du, da könnte ich Glück haben?«

Er hörte, wie Jule Lilli und Hella ans Telefon rief und, viel schwächer, Hellas entrüstete Stimme: »Aber wir haben doch gerade den toten Vogel hier gefunden!«

Lilli äußerte sich, soweit Conrad das beurteilen konnte, überhaupt nicht.

»Die Damen sind beschäftigt«, sagte Jule trocken, »aber dein Sohn kommt gerade vorgefahren.«

Conrad vernahm das Gepolter eines Bobby-Cars und dann Tims merkwürdig raue Stimme: »Hallo.«

»Hallo Tim. Hier ist Papa!«

»Hallo.«

»Ja, hallo. Wie geht's dir? Alles okay?«

»Hallo Papa.«

»Ja, hallo Tim. Also ich fragte ... Was machst du, fährst du schön Auto?«

»Ja.«

»Na, super. Hör mal, ich vermisse dich. Bestimmt sehen wir uns ganz bald wieder, kleiner Mann.«

»Ja. Mama«, antwortete Tim und dann hörte Conrad wieder das Gepolter des Bobby-Cars.

»Sind ja reizend, die Kleinen«, stellte er fest.

»Nimm's nicht zu schwer«, kicherte Jule und im Hintergrund lachte jemand laut und volltönend, sicher ihr Vater. »Ich bin sicher, sie meinen es nicht persönlich. Was macht dein Fall?«

»Der Fall? Oh, der Fall, ja. Er ist gelöst. Hat sich gewissermaßen von selbst gelöst, mit Geständnis und allem Drum und Dran.«

»Und das heißt?«, fragte Jule skeptisch. Sie kannte ihren Mann.

»Das heißt, dass ...«

»Dass du es allein machst und es jetzt erst richtig los geht?«

»So könnte man es ausdrücken, meine Liebe, ja ganz recht, so könnte man es ausdrücken.«

34. Kapitel

Am Nachmittag befragte Conrad noch zwei weitere Zeugen – die übrigen waren inzwischen abgereist – nach der Augenfarbe Struves. Es handelte sich um eine Frau Bartels und ihren neunjährigen Sohn Matthias. Die Mutter konnte sich nicht erinnern, Matthias sagte: grün. Er habe sich den Toten sehr genau angesehen, deshalb: ganz sicher grün. Frau Bartels hatte ihn leider nach kurzer Zeit vom Fundort wegbugsiert, so konnte Conrad auch von ihm nicht erfahren, ob Struves Augen vielleicht plötzlich graublau gewirkt hätten ... Danach mietete Conrad ein Kanu, um zu denken. Er hatte ja inzwischen herausgefunden, dass er zu Wasser gut denken konnte, und er meinte zudem zu spüren, dass er nur noch einen winzigen Schritt von einer Erklärung der Vorgänge entfernt war. Lange paddelte er auf dem großen See. Dann begab er sich in das Gewirr der Kanäle. Natürlich würde er sich verfahren und verirren, aber das machte nichts. Er paddelte zunehmend entspannter, kaum verspürte er eine Anstrengung. Einen Luftraum von zwei, drei Kubikmetern um ihn herum empfand er als etwas zähflüssig. Und wie um ihn noch weiter von der Welt zu trennen, schien sich der Atmosphärewür-

fel um ein Geringes gegenüber den umgebenden Luft-
massen zu verkanten. Gerüche und Geräusche drangen
noch durch, vielleicht sogar intensiver als zuvor, jedoch
irgendwie verändert und abgelenkt. Er fühlte sich gut
in seinem Würfel. Er war mit dieser leicht verschobe-
nen Wirklichkeit vollkommen einverstanden und hätte sich kaum gewundert, wenn aus dem Nichts pas-
sende Musik dazu erklungen wäre, vielleicht relaxter,
später Curtis Mayfield. Er spürte die ruhige Bewegung
des Paddels in seinen Händen. Er dachte an eine kleine,
grün gefärbte Kontaktlinse. Er dachte an nichts. Eine
kleine Verletzung an der Hornhaut. Er dachte an seine
Kinder, die wohl gerade zu Abend aßen. Er sah sie la-
chend an einem großen Tisch sitzen, auf dem eine Va-
se mit vielen herrlich duftenden, frisch geschnittenen
Gartenblumen stand. Seine Schwiegermutter hatte sie
eben arrangiert. Er winkte ihr zu. Vor ihm paddelte ein
Mann, ziemlich langsam. Er dachte an nichts. Er dachte
an Struves Führerschein. Keine Einträge. Er dachte an
ungezählte andere Führerscheine: »... muss geeignete
Augengläser tragen«. Es hatte mit Bode zu tun gehabt.
Die Augenfarbe, der Führerschein. Aber da war noch
etwas, und jetzt konnte er es fassen: Eine junge Polizistin im Gespräch mit Bode. Ein Augenpaar mit kurzsich-
tiger Verschleierung. Und eine sinnliche Mundpartie.
Er konnte sich jetzt erinnern, denselben Mund gesehen
zu haben. Der in einen Telefonhörer hauchte, in einem
Struve-Film. Und diese Frau dann beim Wiederbeleben
einer Leiche. Struves Leiche. Eine grünliche Linse. Ihre
Linse. In Struves Auge. Der Mann in dem Paddelboot
war der Wunderjogger. Er drehte sich in dem Moment

um, in dem Conrad begonnen hatte, zu beschleunigen. Er dachte an die gleichmäßige Beschleunigung. Eine Kurve auf einer Schultafel. Er hatte keine Angst, er hatte seinen Würfel. Hinter ihm rief jemand seinen Namen. Da war Bode, auch in einem Boot, der gestikulierte mit dem Paddel. Er dachte an Jule. Er sah sie an dem Tisch mit den Blumen sitzen, einen Telefonhörer in der Hand. Er sah sein Telefon im Wohnmobil liegen. Es piepte lange. Er sah Jule auflegen. Er holte auf. Die Beschleunigung blieb konstant, das Tempo stieg. Er fühlte sich gut. Er sah die Polizistin vor dem Toten niederknien. Wie sie so tat, als gäbe es noch Hoffnung für ihn. Niemand hinderte sie. Sie nahm seinen Kopf in die Arme und blies ihren Atem zwischen seine kalten, bereits erstarrenden Lippen. Er sah, wie sie, gedeckt von ihrem vornübergebeugten Körper, mit zitternden Fingern in die Augenhöhlen der Leiche fuhr und die grünen Scheiben herauskratzte. Er holte weiter auf. Es ging durch kleinere Seen, dann wieder durch Kanäle, dann neue Seen. Er beschleunigte nicht mehr, war aber schneller als der Mann vor ihm. Er ermüdete nicht und spürte keine Anstrengung. Er dachte an nichts. Er fühlte sich gut. Er sah eine Linse auf die grünen Kacheln fallen. Bode fiel zurück. Er sah die Polizistin auf dem Boden herumtasten. Er hörte sich sprechen. Er sah sie aufblicken, Verwirrung im Blick, Verschleierung. Diese Frau hatten alle für eine Idiotin gehalten, doch sie hatte alle zu Idioten gemacht. Sie hatte Struve gekannt und gemeinsam mit dem Typen da vorn in diesem Filmchen mitgespielt. Er sah, wie der Mann mit einem jähen Manöver sein Boot herumriss. Eine Sackgasse, der Kanal endete einfach.

Eine Falle? Vorn der Wunderjogger, hinten musste irgendwo Bode kommen. Er sah seine Pistole unter dem Müllbeutel im Abfalleimer des Wohnmobils liegen. Der Mann kam ihm direkt entgegen. Conrad richtete sich auf. Als der richtige Augenblick gekommen war, stieß er sich ab. Er sah seinen Körper zwischen den beiden Booten durch die Luft über das Wasser schnellen. Er sah das Blatt eines Paddels in seinen Luftwürfel eindringen. Er sah das Gesicht des Mannes, konzentriert, besorgt, ohne Hass. Er streckte die Finger aus, um den Burschen beim Zusammenprall am Hals zu fassen zu bekommen. Er sah die Kante des hölzernen Blattes näher kommen. Er hatte keine Angst. Das Ding traf ihn voll an der Schläfe. Er sah seinen Würfel explodieren und in einer schillernden Unzahl von Bruchstücken mit ihm auf die Wasseroberfläche aufschlagen. Tiefer sinkend wunderte Conrad sich über die angenehme Ruhe, die sich in ihm ausbreitete. Er hatte immer gedacht, Ertrinken sei eine fürchterliche Art zu sterben. Das traf sicher zu, solange man noch Kraft hatte, sich zu wehren. Und Angst. Er hatte keine Angst. Und Kraft? Ach, Kraft vielleicht. Aber da war diese Lähmung, die vom Kopf ausging, da, wo ihn etwas getroffen hatte. Von da ging diese Ruhe aus. Farne ließen ihre langen Blätter tranceartig in der leichten Strömung schweben. Er betrachtete das Licht an der Oberfläche über ihm und die in ständigem Wechselspiel sich überlagernden Wellenlinien. Wie friedlich. Da spürte er etwas an seiner Hand. Es war eine andere Hand.

35. Kapitel

Das Erste, was Conrad wahrnahm, war Hektik. Hektik, Unruhe, Störung. Es dauerte eine Zeit, bis er so weit war, sich erinnern zu können. An sich selbst, dann an Menschen, die ihm nahe standen. Jemand stellte irgendwelche Dinge mit ihm an. Unangenehm war das, aber er hatte solche Umrisse schon mal gesehen. Es war ein Mann. Der Mann bewegte seinen Mund. Es war etwas zu hören. Das gab es.

»Conrad, los jetzt, Mann, wach schon auf!« Das waren Wörter. Richtig, es gab Wörter. Der Mann schlug ihm ins Gesicht. Da kam das Leben. Conrad hustete und spuckte und würgte und kotzte. Dass aber auch gar keine Luft in die Lunge zu bekommen war! Die scheußlichste Panik kam in ihm hoch. Der Mann ließ ihn nicht hängen. Er trommelte ihm wie wild auf den Rücken. Conrad bekam einen Teelöffel Luft. Wie das wehtat! Er war so verzweifelt, er hatte so eine elende Angst.

»Komm schon, komm schon, komm schon!«, rief der Mann. Noch ein Teelöffel, wieder der grauenhafte Schmerz, als der Hals einfach zuklappte. Er brauchte einen LKW voll Luft. Und der Hals machte einfach dicht. Durch eine dicke Schicht von Tränen erkannte er Bodes Gesicht. Bode sah nicht gut aus, er sah angespannt aus. Nach ein paar neuen Lufthäppchen verstand er, dass das mit ihm zusammenhing. Er begriff auch, dass er vor Bode keine Angst zu haben brauchte und dass er mithelfen musste. Dass er seine Panik bekämpfen musste. Langsam, quälend langsam überwand er die kritische Phase.

Später erklärte Bode, ihm sei Conrad am Freitag beim Abschied in Neustrelitz reichlich komisch vorgekommen. Er hasse es, wenn Dinge unausgesprochen in der Luft hingen, und so sei er eben heute zum Campingplatz hinausgefahren. Als man ihm dort sagte, Conrad sei eben mit dem Kanadier losgepaddelt, dahinten könne man ihn sogar noch sehen, habe er ebenfalls einen genommen. Zu Beginn habe er gut aufgeholt. Aber plötzlich habe Conrad wie ein Gestörter Stoff gegeben. So sehr er sich auch abgestrampelt habe, dieses Tempo habe er einfach nicht lange kontern können.

»Als ich an die Einfahrt in den toten Kanal kam, schoss mir ein anderer Paddler entgegen, mit einem Affenzahn, und auch sonst sah der nicht normal aus. Mir schwante nichts Gutes. Und als ich das gekippte Boot treiben sah, aber keinen Conrad, dachte ich, ich seh mal unter Wasser nach Ihnen.« Bode saß vor dem Wohnmobil auf dem Stuhl. Vor ihm auf dem Tisch stand ein Bier. Eine Packung Filterloser lag daneben. Conrad lag im Gras. Er war wieder okay, aber er wollte liegen, einfach damit er kein Körperteil halten oder stützen musste. Er konnte im Moment ganz sicher nichts trinken. Er begann, Bode die Dinge zu erklären, die mit dieser Kanufahrt zusammenhingen. Diesmal verschwieg er nichts.

Bode unterbrach: »Das war also tatsächlich der Kerl, der Sie in Berlin auf Trab gehalten hat? Den Sie als letztlich zartfühlend beschrieben haben?«

»Er muss geglaubt haben, dass ich ihn zu Hackfleisch verarbeiten will, als er mich plötzlich anrauschen sah, und genau das hatte ich auch vor. Als er unversehens in die Sackgasse geraten war, hat er sich eigentlich nur seiner Haut gewehrt. Cornered Rat. Eine Ratte flüchtet vor Ihnen. Aber wenn Sie sie in die Ecke drängen und sie keinen Ausweg mehr sieht, springt sie Ihnen mitten ins Gesicht. Ich habe ihn ja aus nächster Nähe gesehen, er sah sehr angespannt aus, aber nicht wirklich feindselig. Ich kann mir nicht vorstellen, dass er mich umbringen wollte. Ich glaube eher, dass er gar nicht richtig mitgekriegt hat, wie knapp das für mich werden könnte.«

Er erzählte weiter. Bode wurde immer nachdenklicher. Dann war es Abend geworden und Conrad hatte sich längst an das erste Bier seines neuen Lebens getraut. Sie hatten im Kiosk, der noch geöffnet war – Conrad würde das System der Öffnungszeiten nie verstehen –, Nachschub geholt. Seit einer halben Stunde klabüsterten sie die Dinge zusammen, dann wieder auseinander, dann wieder zusammen. Schließlich waren sie auch damit so weit gekommen, wie ihr Informationsstand es zuließ.

»Die kleine Wilhelm? Zieht so eine Nummer ab und legt uns alle aufs Kreuz?« Bode schüttelte den Kopf. »Unglaublich! Gestern hat sie selbst Witze darüber gemacht, Sie wissen doch noch, Sie sind ja gerade in dem Moment gekommen. Und der andere? Der junge Mann in der Streife, gehört der Ihrer Meinung nach auch dazu?«

»Keine Ahnung, vielleicht, vielleicht auch nicht. Wenn sie uns alle verarscht hat, kann sie auch ihn verarscht haben.«

»Wirklich nicht zu fassen! Aber Ihre Geschichte ist nicht ohne, Conrad. Bliebe allerdings immer noch offen, wieso das Ganze. Ich meine, wieso sie ihn umgebracht haben sollte oder zumindest in der Sache drinhängt. Und was das für eine merkwürdige Connection ist, Mainling, Struve, Wilhelm und der Mann, der Ihnen das da verpasst hat.« Er wies auf Conrads Kopf. »Zumindest bin ich froh, dass Sie mich möglicherweise vor einem schweren Fehler bewahren.«

»Ich bin froh, dass Sie mich aus dem Wasser gefischt haben, Bode. Wie ich Ihnen dafür danken soll, weiß ich nicht. Dafür, dass ich Sie in einem hässlichen Verdacht hatte, bitte ich Sie um Verzeihung.«

»Nun hören Sie schon auf. An Ihrer Stelle hätte ich den auch gehabt. Die Telefonnummer hat sich also wohl auch die junge Wilhelm beschafft ... Wie hat sie das bloß hingekriegt und wieso wusste sie so genau, wo sie sich über Sie erkundigen muss?«

»Ich habe ihr meinen Namen und meine Dienststelle selbst genannt, allerdings hätte ich nicht gedacht, dass sie sich das alles so genau merken würde, so wie sie in dem Moment aussah.« Conrad stöhnte. »Oh, und den Telefonladen wird ihr Mainling genannt haben. Ausgerechnet den habe ich nämlich gefragt, wo es einen gibt, fällt mir gerade ein.«

Bode musste lachen. »Haben Sie? Nett! Nun müssen wir aber den Rest auch noch klären. Sie haben also Montag zwei Besuche vor. Rufen Sie mich gegen Mittag im Büro an. Bis dahin habe ich das bestimmt mit der Gefängnisleitung arrangiert. Und dort kann ich Ihnen auch die Adresse unserer begnadeten Schauspielerin heraussuchen. Und morgen machen Sie mal das, was Leute mit anständigen Berufen sonntags so machen. Ihre Rübe braucht 'ne Pause, schätze ich. Hängen Sie rum, lesen Sie ein schönes Buch. Ich habe gesehen, Sie haben den *Stechlin* im Wagen. Sicher todlangweilig. Genau das Richtige für Sie.«

Damit verabschiedete sich Bode. Keuchend schleppte sich der giftgrüne R4 von dannen. Conrad verbrachte den Sonntag auf das Angenehmste mit Schwimmen, Faulenzen und dem *Kicker*.

36. Kapitel

Nachdem Conrad am Montagmorgen seine reservierten Brötchen abgeholt hatte, rief er Struves Krankenversicherung an. Über irgendwelche Behandlungen einer Fehlsichtigkeit sei nichts bekannt, hieß es dort, so viel könne man ihm wohl sagen, ohne Ärger zu bekommen. Man könne aber ohne Vorlage einer richterlichen Genehmigung oder wenigstens eines Ausweises keine detaillierten Aussagen zu Behandlungen und Untersuchungen, die tatsächlich …

Conrad dankte.

Nach dem Frühstück fuhr er mit der Kontaktlinse in den nächsten Ort, wo es einen Optiker gab – das hieß, er musste wieder nach Mirow. Klare Sache, ergab es sich dort, diese Sehhilfe sei für eine Person gefertigt worden, deren Kurzsichtigkeit einen Wert von minus 1,75 Dioptrien betragen haben müsse, was schon eine ganz hübsche Beeinträchtigung darstelle und normalerweise im Führerschein vermerkt werde. Im Allgemeinen könnten Sehstörungen natürlich sehr gut erst nach der Ausstellung des Scheines auftreten und dann würde der Vermerk fehlen. Bei einem erst kürzlich neu ausgestellten Führerschein sei dies jedoch sehr unwahrscheinlich, da man meist nicht über Nacht kurzsichtig werde.

›Okay, diese Linse hat also ziemlich sicher nicht Professor Struve gehört, so viel ist mal klar‹, registrierte Conrad.

Als nächstes rief er bei Dr. Voigt in der Pathologie Neubrandenburg an. Voigt, der wohl zu beschäftigt war, ließ über eine Schwester mitteilen, die Hornhautverletzung könne durchaus auch nach Eintritt des Todes etwa durch ungeschicktes Herauslösen einer Linse mit dem Fingernagel entstanden sein. Wohl gemerkt, sie könne. Hypothetisch …

»Ja, verstanden«, sagte Conrad, »vielen Dank!« Sollte er jetzt versuchen, die Geheimnummer des Faxgerätes zu knacken, an die Frau Fenske die persönlichen Daten gesandt hatte? Nein, das war erstens in Neustrelitz, zweitens vermutlich aufwendig und drittens sicherlich der Privatanschluss von einer Freundin Berit Wilhelms, wenn nicht sogar ihr eigener.

›Apropos Nummer‹, dachte er, ›angebracht wäre ein kurzer Abstecher zum Telefonladen.‹ Derselbe Verkäufer war da, sei es aus Zufall, sei es, weil er den Laden allein führte, jedenfalls machte Conrad ihn ein bisschen zur Sau und schon gab er zu, Conrads Mobilfunknummer an eine auffallend gut aussehende junge Polizistin weitergegeben zu haben, die am Vormittag nach der Vergabe Nachforschungen angestellt habe. Es täte ihm entsetzlich leid, er hoffe, er bekäme nun keinen Ärger, er habe ja nicht wissen können … Conrad knallte die Tür hinter sich zu und machte sich auf den Rückweg.

Im Radio: Pur. Na, dann eben nicht. Nebenher kramte er das Dossier mit den wichtigsten Zeugenaussagen heraus und verglich – immer ein Auge auf der Straße und eines auf dem Papier – Angaben zu Uhrzeiten und gesichteten Personen.

»Wer war das noch mal, der nachts auf dem Männerklo gewesen war?«, fragte er sich selbst laut. »Sieh an, einer der beiden, die Mainling ungefähr zur Tatzeit gesehen hatten. Zu zweit auf dem Bootssteg gesessen, die zwei! Liebespaar, eng umschlungen? So ganz romantisch, die Silhouette im Mondenschein? Kommt mir irgendwie bekannt vor.« Ziemlich bald danach, das war gegen drei Uhr gewesen – so stand es in dem Papier –, war dieser Zeuge zur Toilette gegangen. Er hatte niemanden im Bereich der Duschen liegen sehen, obwohl er direkt daran vorbeigegangen war und obwohl es, was die Duschen anging, keine »baulichen Sichtschutzmaßnahmen« in der Baracke gab.

»Hoppla, verdammt eng, die Kurve«, unterbrach Conrad seine Lektüre, dann dozierte er für ein imaginäres Publikum: »Aus Sicht der Verteidigung stellt sich hier ein Widerspruch ein: In ein und derselben Aussage soll das eine (die Anwesenheit des Tatverdächtigen Herrn Jens Mainling am Tatort) glaubwürdig bezeugt worden sein, das andere (die Abwesenheit der Leiche des Professors) jedoch nicht? Warum dies? Und hier wäre noch dieser sympathische Herr Lowitz, genannt der ›Aufpasser‹, dessen Stellplatz neben Struves gelegen hatte. Ja, entschuldigen Sie bitte, Ihr Einwand ist völlig berechtigt. Wir nehmen die Bezeichnung ›Aufpasser‹ zurück. Der Zeuge Lowitz also hat ausgesagt, dass es im Wohnwagen Struves ungewöhnlich laut geworden sei ...« Conrad linste jetzt nur noch mit einem halben Auge auf die Straße, während er blätterte, »... richtig, das sei fast genau um Mitternacht gewesen. Danach habe Mainling den Wohnwagen verlassen und sei in seinem Zelt verschwunden. Struve sei kurz darauf auch ausgestiegen und in Richtung Zufahrt gegangen. Der Zeuge Lowitz habe ihn wegen der Ruhestörung zur Rede stellen wollen, weil, wie der Zeuge sich ausdrückt, ›da öfters nachts hörbar Betrieb‹ geherrscht habe. Ich denke, wir alle wissen, um welche Art Betrieb es sich dabei gehandelt hat, das können wir hier also weglassen. Struve habe auf diese Vorwürfe jedoch in keiner Weise reagiert. Vielen Dank, Herr Lowitz, Sie können nun gehen! Und hier haben wir die Aussage einer Frau aus ... Moment ... Neuendettelsau! Ja, warum nicht. Diese Zeugin sagt aus, sie habe kurz nach Mitternacht gesehen, wie eine ihr nicht bekannte Person, auf die gleichwohl die Beschreibung der Statur des Toten passt, in der Nähe der Campingplatzeinfahrt in einen PKW gestiegen sei, der dort bereits einige Minuten zuvor zum Parken abgestellt worden sei. Aus Sicht der Verteidigung sind das nun zwei Zeugen, die unseren Mandanten Herrn Jens Mainling unmittelbar nach der genauen Tatzeit, nämlich um viertel vor drei, auf dem Campingplatz gesehen haben, und zwei weitere Zeugen, die Professor Struve kurz nach Mitternacht eben diesen Campingplatz haben verlassen sehen. Niemand indes hat ihn zurückkommen sehen. Um zwanzig nach sechs Uhr am Morgen wird er unter der Dusche im Sanitärbereich des Campingplatzes von dem Zeugen

Franke tot und – wie sich herausstellen wird – ermordet aufgefunden. Laut Labor-Analyse ist er übersät mit der ganzen Artenvielfalt der Mikrobenwelt der Mecklenburgischen Seenplatte. Wunderbar! Ja, fahr doch noch dichter auf, du Volltrottel dahinten, und wenn du noch mal hupst, bremse ich ein wenig plötzlich, und dann wollen wir mal sehen, wer die härtere Stoßstange hat!«

Tatsächlich tippte Conrad kurz auf die Bremse, und prompt gab es Lichthupe und ein hässliches Quietschen von hinten. Befriedigt wandte er sich wieder seiner inneren Zuhörerschaft zu: »Verzeihen Sie, Herr Vorsitzender, bitte verzeihen Sie, selbstverständlich gehört dergleichen nicht hierher, ich gebe Ihnen Recht. Zurück zur Sache. Eines möchte ich in aller Deutlichkeit festhalten: Der Tatverdächtige Herr Jens Mainling war zur Tatzeit ohne jeden Zweifel auf besagtem Campingplatz – aber das Opfer nicht! Struve nicht!« Erschöpft und sogar ein wenig gerührt von seiner flammenden Rede lehnte Conrad sich zurück.

›Selbst wenn die junge Wilhelm nicht überführt werden kann, ist Mainling draußen‹, dachte er. Mittags rief er Bode an. Der gab ihm Berit Wilhelms Adresse und teilte ihm mit, dass er Conrad für den frühen Nachmittag im Untersuchungsgefängnis angemeldet habe.

37. Kapitel

Aufschluss. Durchgehen. Zuschluss. Weitergehen. Dann wieder: Aufschluss. Durchgehen. Zuschluss ... nichts hasste Conrad mehr, als die unbeschreiblich triste Miene der Schließer bei der Ausführung ihrer Arbeit. Nicht, dass er diesen Berufsstand verachtet hätte, wie die meisten Leute das tun. Immerhin gehörte er selber zu denen, die diese Art von Arbeit erst ermöglichten. Aber der Job musste grauenhaft sein. Und das merkte man diesen Gesichtern auch an, fand er. Es war nicht einfach, mit einem von ihnen zu sprechen. Also schwieg er auch jetzt. Der Schließer blieb stehen und zeigte mit dem Kopf auf eine Zellentür. Er schloss auch diese auf, nicht ohne vorher den üblichen Blick durch den Überwachungsschlitz zu werfen. Der Kommissar ging hinein. Einschluss. Mainling sah ganz vernünftig aus, etwas übernächtigt vielleicht, aber keineswegs nervös oder gar verängstigt.

Conrad kam gleich zur Sache: »Sie waren es nicht.«

Mainling zuckte ein bisschen mit den Augenbrauen. Er legte sich auf die Pritsche und machte es sich bequem. Ganz ruhig sagte er: »Doch. Ich war's.«

»Sie haben ein Alibi. Die genaue Tatzeit lag zwischen zwei Uhr zwanzig und zwei Uhr vierzig. Ziemlich genau um Viertel vor drei haben zwei Personen Sie auf dem Campingplatz gesehen. Dort ist Struve aber nicht ermordet worden. Er wurde erst später in die Baracke geschleppt. Die beiden Personen sagen aus, sie hätten Sie um Viertel vor drei in der fraglichen Nacht aus Ihrem Zelt kommend auf den Bootssteg zugehen sehen. Sie seien in den Bootsschuppen gegangen und hätte darin einige Minuten zugebracht. Ab und zu konnten die Zeugen hören, dass im Schuppen gesprochen wurde. Sie konnten nichts verstehen, bemühten sich allerdings auch nicht darum. Sie bezeugen aber, dass nur eine Stimme zu hören war, zweifellos handelte es sich um Ihre Stimme, Herr Mainling. Mit Pausen dazwischen, so wie es entweder bei Selbstgesprächen zu sein pflegt oder – bei Telefonaten. Als Sie wieder herauskamen, seien Sie im Licht der Innenbeleuchtung des Schuppens, die Sie dann löschten, zweifelsfrei zu erkennen gewesen. Sie stiegen in ein Auto und verließen den Campingplatz. Struve muss laut Gutachten zu diesem Zeitpunkt bereits tot gewesen sein, Sie brauchen mir jetzt also nicht zu erzählen, dass Sie gerade losfuhren, um ihn anderswo zu treffen und umzubringen. Einer der Zeugen betrat danach das WC-Gebäude, genauer gesagt: den Männerteil des Gebäudes. Dort habe er keine Leiche gesehen, sagt er aus, und auch keine sterbende Person. Er habe dort überhaupt niemanden gesehen. Die Zeugen sind bereit, diese Angaben unter Eid zu bestätigen und es gibt keinen ersichtlichen Grund, ihre Aussage zu bezweifeln. Reicht das?«

Mainling hatte die Augen geschlossen. Es sah so aus, als nicke er ganz leicht mit dem Kopf. Dennoch sagte er: »Sie bluffen.«

Conrad sagte ruhig: »Ich bluffe nur, wenn ich jemanden reinbringen will. Nicht, wenn ich jemanden raushole. Sie können Werner Struve nicht umgebracht haben, Ihr Geständnis ist nur eine Falschaussage, ein Märchen und sonst gar nichts. Was bedeutet das? Richtig, wir sind wieder auf der Suche nach dem Mörder. Oder der Mörderin. Also, mit wem haben Sie telefoniert, Mainling? Sagen Sie es, oder soll ich es Ihnen sagen?«

»Mit meiner Urgroßtante aus Kohlhaasenbrück. Scheiße!«, rief Mainling.

Conrad ließ seinen Blick die Zellenwände entlangstreichen. Wie konnte jemand nur so versessen darauf sein, hier drin zu hocken? Ziemlich laut sagte er: »Berit Wilhelm rief Sie an, auf Ihrem Handy. Sie war sehr aufgeregt. Sie hatte nämlich eine Viertelstunde zuvor einen Mord begangen – oder war zumindest irgendwie dabei gewesen.« Mainling war zusammengezuckt. Conrad fuhr mit Kühle in der Stimme fort: »Sie musste es Ihnen erzählen, weil Sie bei dem Transport der Leiche gebraucht wurden. Natürlich konnten Sie in Ihrem dünnwandigen Zelt eine solche Unterhaltung nicht führen, alle Ihre Fragen und Antworten konnten viel zu leicht gehört werden. Sie gingen also in den Schuppen ...«

Mainling war zusammengesackt. Es war deutlich zu sehen, wie ihn jedes Wort Conrads schmerzte. »Ja!«, unterbrach er den Kommissar mit einer abwehrenden Handbewegung. »Ja, genau so war es. Sie können aufhören.«

Er lag immer noch auf der Pritsche, fasste sich aber nun und richtete sich auf. »Und? Wie sind Sie auf Berit gekommen?«

Conrad erzählte ihm die ganze Geschichte, von der Kontaktlinse über die Sache mit der Informationsbeschaffung über ihn und seine Familie bis zu den verschiedenen Rencontres mit dem Wunderjogger. Mainling hatte ganz offensichtlich noch kein Wort von diesen Dingen gehört. Er hörte aufmerksam zu. Manchmal schüttelte er ungläubig den Kopf.

»So eine gequirlte Kacke«, kommentierte er die – mutmaßlichen – Aktionen Berits und die Belästigungen durch den Mann wütend. Als Conrad mit seinem Bericht fertig war, herrschte einige Zeit völlige Stille in der Zelle.

»Er heißt Gernot«, sagte Mainling. »Der Mann, der Ihre Familie bedroht hat. Übrigens ein netter Kerl, soweit ich das sagen kann. Ich kenne ihn allerdings kaum, eigentlich nur von den Dreharbeiten zu *Talk*. Sie wissen schon. Berit kann Ihnen sehr viel Genaueres über Gernot sagen.«

Wieder gab es eine Pause. Conrad überlegte, ob er Mainling trotzdem zum Thema Wunderjogger befragen sollte, schließlich interessierte der ihn aus ganz persönlichen Gründen: Da war ja wohl noch eine Rechnung offen. Aber er beschloss, Mainlings Verweis auf die junge Wilhelm zu akzeptieren und bei dem erwähnten Film zu bleiben. Also zeigte er auf die Plastiktüte mit der Filmspule, die er mitgebracht hatte, und dem verknoteten Material darin.

»Ich hab hier was, das Struve gehörte. Ich denke, bei Ihnen ist es am besten aufgehoben.«

Mainling warf einen Blick hinein und sagte ungerührt: »Normalerweise würde man Sie dafür steinigen. Dies ist die einzige Kopie, soweit ich weiß.«

Conrad hob entschuldigend die Schultern. »Sie werden verstehen, dass ich sie nicht hier bei Ihnen in der Zelle lassen darf. Theoretisch könnte man damit – Unsinn anstellen.« Er räusperte sich. »Nun, ich werde sie zu den persönlichen Dingen legen lassen, die Sie abgeben mussten.« Nachdenklich fragte er dann: »Warum haben Sie mir ausgerechnet diesen Film gezeigt? Sie haben mir im Vorführraum gesagt, dass es ihn gibt, Sie ließen zu, dass ich ihn heraussuchte. Letztlich ist Berit Wilhelm über etwas anderes gestolpert, wie Sie jetzt ja wissen. Trotzdem: Sie müssen doch befürchtet haben, dass ich mit diesem Film möglicherweise einen entscheidenden Hinweis auf die junge Wilhelm, diesen Gernot und Sie erhalten würde. Also: warum?«

Mainling sah zum eng vergitterten Fenster hinauf. »Nur der Hinweis auf mich war beabsichtigt. Berit sollte aus dem Spiel bleiben – na, und Gernot auch, aber an den habe ich dabei weniger gedacht. Die Namen sind nicht angegeben. Von Berit ist im Bild fast nichts zu sehen, Sie werden mir Recht geben, dass Sie sie unter halbwegs normalen Umständen nie und nimmer erkannt hätten.«

Conrad stimmte zu, und Mainling fuhr fort: »Ich konnte ja nicht ahnen, dass Sie die Stimme von Gernot kennen lernen würden, dass dieser Idiot Sie anrufen würde! Dass Sie Berits blöde Linse gefunden hatten. Dass Berit und Gernot überhaupt diesen ganzen Schwachsinn anstellen würden, um Sie aus dieser Sache rauszudrängen oder was das sollte. Die haben mir ja nichts davon gesagt. Ich ging davon aus, Sie könnten mit diesem Film nichts weiter anfangen, als zu sehen, dass Struve mein Konzept benutzte. Sie sollten schließlich herausfinden, dass Werner mir ständig meine Filme weggenommen hat, dass er alle meine Ideen für sich ausnutzte. Dass ich kaum je selber einen Film, geschweige denn meinen Abschluss machen konnte, weil ich immer nur für ihn arbeitete. Und dass er mir auf diese Weise meine Chancen auf eine Zukunft als Filmer systematisch zerstört hat. Er selbst hatte ja keine Ideen, er lebte immer nur von den Gedanken der anderen. Von den Gefühlen der anderen. Ein Parasit, nichts weiter. Sie sollten erkennen, dass ich ihn gehasst habe. Und Sie sollten denken, dass ich ihn getötet habe.«

»Das ist doch Bullshit, Mainling. Warum wollten Sie unbedingt verdächtigt werden, wenn Sie der Meinung waren, dass ich gar nicht auf Berit Wilhelm kommen könnte? Warum haben Sie dann nicht gewartet, bis die Sache – was weiß ich – einfach ungeklärt im Sande verläuft?«

»Ich bin nicht so dumm wie Sie denken. Ich weiß, dass so etwas nicht einfach im Sande verläuft. Das ist kein Leben, wenn man immer vor euch Bullen Angst haben muss, weil ihr erst dann wirklich aufhört, wenn ihr jemanden habt. Egal, ob er's wirklich war: Ihr braucht einen Fahndungserfolg oder wie ihr das nennt, einen Schuldigen.«

»Soso, brauchen wir das. Und den Schuldigen wollten Sie geben.«

»Ja.«

»Weil Sie Berit Wilhelm lieben, nehme ich an.«

»Ja.«

»Hm.« Ein wirrer Typ war das, dieser Junge, aber er hatte Klasse. Conrad war gegen seinen Willen beeindruckt.

»Und sie? Liebt sie Sie auch?«, hörte er sich fragen, und wunderte sich selbst über diesen viel zu persönlichen Ton. Das hätte er wirklich nicht fragen müssen! Mainling störte sich aber nicht im Mindesten daran.

»Nein«, antwortete er einfach.

»Nein?«

»Nein.«

»Und Sie machen das trotzdem? – Junge, Junge, und von Ihnen hat Bode gesagt, Sie seien kein harter Bursche. Aber jetzt erklären Sie mir mal, wieso Sie nicht einfach zu Bode oder auch mir gesagt haben: ›Guten Tag, ich bin der und der und habe Werner Struve ermordet?‹ Ich meine, wenn Sie schon so scharf drauf waren …«

»Hätte ich sicher gemacht, wenn ihr nicht irgendwann von alleine auf mich gekommen wärt. Aber ich hielt es für glaubwürdiger, wenn ihr meint, es selbst rausgekriegt zu haben.«

»Wie zartfühlend Sie unseren seelischen Bedürfnissen entgegenkommen!«

»Die Art, wie Kommissar Bode arbeitete, hat alle meine Überlegungen doch schließlich bestätigt. Er hatte mich ja sehr schnell in Verdacht. Erst die Fingerabdrücke auf dem Weinglas, dann Zack! Die Beziehung zu Werner, das Motiv – das hatte der nach nicht einmal vierundzwanzig Stunden zusammen. Als ich sah, wie fix der mich in der Mangel hatte, wusste ich, dass der vielleicht auch ziemlich schnell die Wahrheit herauskriegen könnte. Es sei denn …«

»Es sei denn, Sie spielen schön den ertappten Mörder«, vervollständigte Conrad. »Schon klar so weit. Aber: Bode hat Sie festnehmen lassen, unmittelbar nachdem Sie mir diesen Film eingelegt haben, um mich auf Sie als möglichen Tatverdächtigen aufmerksam zu machen. Da wussten Sie doch noch gar nichts von seiner fixen Art, die Ihnen solche Angst um Ihre Angebetete einjagte.«

»Ich sagte ja: Der war einfach eine nachträgliche Bestätigung. Am Anfang sah es noch so aus, als könnte Berit vielleicht davonkommen, da haben Sie ja Recht. Aber das war mir zu wenig. Als ich an jenem Morgen mitbekam, dass Berit in der Streife aufgelaufen und irgendwelchen Blödsinn mit der Leiche angestellt hatte, war mir klar, dass etwas nicht gestimmt hatte und schief gegangen war und dass sie Angst hatte. Ich erfuhr nicht, was es war. Sie fragte mich zwar alle möglichen Sachen und fand es wahnsinnig spannend, von mir zu hören, wohin ich Sie wegen Ihres Telefons geschickt hatte und solche Dinge. Wohin Sie gepaddelt waren. Ob ich Sie noch mal in die Baracke habe gehen sehen. Aber sie sagte mir nicht, warum genau sie das alles wissen wollte. Wahrscheinlich hat sie gedacht, ich würde Theater machen und sie von ihren Plänen abzubringen versuchen, und das hätte ich auch bestimmt getan. Dann haben wir vereinbart: Vorläufig kein Kontakt mehr, bis die Sache ein bisschen abgekühlt sein würde. Ich fuhr wie vorgesehen am folgenden Tag nach Babelsberg zurück. Normal funktionieren, normaler Arbeitstag. Vorführjobs. Aber ich ahnte, dass es sehr bald so weit sein würde, dass ich mich vor Berit stellen müsse. Und ich tat es gern. Denn ich – ich weiß nicht, wie ich das sagen soll – also, ich liebe sie, das wissen Sie ja nun. Na, und ich wollte, dass sie das sieht.«

Er sah Conrad nicht an, als er das sagte. Nach einer ziemlich langen Pause fuhr er fort: »Sie tauchten dann am Mittag des nächsten Tages in Babelsberg auf. Den dummen Film habe ich Ihnen wie gesagt bloß vor die Nase gehalten, damit Sie einen ersten Anhaltspunkt bekommen. Tja, ein paar Minuten später wurde ich dann aber schon verhaftet. Ihr Kollege Bode war zu diesem Zeitpunkt eben schon so weit gekommen, wie ich es nicht für möglich gehalten hätte. Natürlich konnte ich auch nicht wissen, was er in Werners Wohnung bereits alles gefunden hatte. Nach dem zu urteilen, was er mir im Verhör gesagt hat, hat Werner sich massenweise Notizen gemacht, in denen mein Name auftaucht. Mein Name stand auch in der Beschäftigtenliste des Campingplatzes. Da hat Bode dann gleich mal meine Fingerabdrücke nehmen lassen und siehe da …«

Conrad war zufrieden. Die Erklärungen Mainlings schienen ihm einigermaßen einleuchtend. Er fragte: »Wie sind Ihre Fingerabdrücke denn auf Struves Brieftasche gekommen?«

»Wir stritten uns am Abend vor seinem Tod. In seinem Wohnwagen. Wie immer ging es um Geld. Um mich zu kränken, hat er mir sein Portemonnaie an den Kopf geworfen, ich solle mir nur nehmen, was mir zustünde.«

»Und? Haben Sie?«

»Es war nichts drin. Sonst hätte ich. So etwa lief die Bezahlung öfter. Er war ein unglaubliches Arschloch.«

»Warum haben Sie sich das alles von ihm gefallen lassen?«

»Ich brauche doch Geld! Ich habe so viele Schulden, wie ein Professor nicht in einem Jahr verdient. Hab ich Ihnen doch schon gesagt, dass ich von meinen Eltern lauter Schulden geerbt habe ...«

»Unsinn! Sie sorgen für Ihren geistesgestörten Bruder. Warum verschweigen Sie das wie ein peinliches Vergehen?«

»Er ist kein Irrer!« Mainling war heftig geworden. »Er ist nicht normal, das ist richtig. Aber nur in dem Sinne, dass er einfach zu dünnhäutig ist, um so ein Arschloch zu sein wie sonst jeder! Also gut, ich posaune das nicht ständig heraus, weil alle ihn dann sofort in eine Anstalt stecken wollen.«

»Solche Einrichtungen sind keine mittelalterlichen Folterkeller mehr! Ihrem Bruder könnte dort sicher besser geholfen werden, als ...«

»Er will aber nicht! Er will bei mir bleiben!«

Nun wurde auch Conrad laut: »Vielleicht wollen Sie ihr Baby nur nicht hergeben? Vielleicht haben Sie einfach 'ne Schramme, ein verdammtes Gutmensch-Syndrom oder so was! Und außerdem: Was dachten Sie denn, wo er wohl hinkommt, wenn Sie für Berit Wilhelm in den Knast gehen?«

Mainling sah zu Boden. Conrad dachte schon, er werde nicht mehr antworten. »Na, was is nun?«, rief er grob.

Da sagte Mainling leise: »Sie hätte ihn bestimmt nicht hängen lassen, wenn ich ...« Er verstummte.

»Sie meinen, sie hätte ihn dann zu sich genommen? Ein knapp über zwanzigjähriges Mädchen soll freiwillig

Ihren bekloppten Bruder hüten? Und wenn nicht, dann wollten Sie sie eben dazu zwingen, oder wie? Mann, was für ein kranker Wust, in dem wir hier herumrühren!«

Mainling schüttelte gequält den Kopf. »Nein, ich hätte sie niemals damit erpresst. Sie kennen sie nicht. Sie hätte es von selbst getan, das weiß ich.«

Conrad versuchte sich zu beherrschen. Natürlich tat ihm der junge Mann leid. Aber trotzdem regte ihn das Ganze einfach auf. Scheißromantik.

»Schon gut«, brummte er, »in Ordnung. Wir können das jetzt lassen. Also, so wie die Dinge stehen, haben Sie keine besonders harte Strafe zu erwarten, ob Sie das nun freut oder nicht. Sie haben zwar versucht, eine horrende Falschaussage inklusive Geständnis zu verkaufen, aber da gewisse mildernde Umstände vorliegen, wird kein Richter Sie dafür so richtig verknacken wollen. Außerdem ist Ihr Versuch ja gescheitert, ohne Schaden anzurichten. Schwerer wiegt da schon, dass Sie beim Transport der Leiche geholfen haben. Das wird Ihnen durchaus echten Ärger bescheren. Trotzdem besteht für die Aufrechterhaltung des Haftbefehls kein Grund mehr, denke ich. Wahrscheinlich wird man Sie schon in ein paar Stunden aus der U-Haft entlassen.«

Conrad klopfte, um hinausgelassen zu werden.

»Herr Conrad!« Mainling war aufgestanden und hatte sich mit verschränkten Armen an die kahle Wand gelehnt. Stolz und lässig sah das aus und gar nicht besonders gespielt.

»Lassen Sie sie in Ruhe. Wenn Berit es nicht getan hätte, hätte ich es getan. Jeder anständige Mensch hätte es getan, auch Sie. Können Sie mir glauben.«

Der Schließer machte auf und Conrad trat in den schäbigen Gang. Dann drehte er sich noch einmal um und sagte: »Ach ja, da ist noch etwas. Sie haben einen komischen Namen, Herr Mainling. Jens Mainling ...«

»Weil er selten ist?«

»Das auch, übrigens ist ›selten‹ gar kein Ausdruck. Aber vor allem, weil sich da ein Anagramm bilden lässt ...« Mainling lächelte breit, fast jungenhaft, ganz unpassend in dieser Umgebung.

»Das haben Sie gemerkt! Haben noch nicht viele. Ist wirklich ein komischer Zufall, nicht?«

Conrad nickte nachdenklich. »Komisch, ja.« Dann fügte er hinzu: »Zumal ich kürzlich gelesen habe, Emil Jannings hätte beinahe mal die Dietrich erwürgt, in Babelsberg.«

»Ja, bei den Dreharbeiten zum *Blauen Engel*, ich weiß«, antwortete Mainling fröhlich. »Gedacht habe ich auch schon an die alte Geschichte. Ein bisschen hin und hergeschüttelt ergeben sich auch sonst ein paar hübsche Ähnlichkeiten, könnte man meinen. Ein Engel, das Erwürgen, Babelsberg ... Aber ich habe darin kein Omen gesehen, den Mord auf meine Kappe nehmen zu müssen.«

Conrad atmete hörbar auf. »Ein Engel? Na, ich weiß nicht ... Egal, wenigstens sind Sie – Gott sei Dank – nicht ganz so meschugge, wie ich befürchtet habe.«

Mit einem metallischen Schmatzen wurde die schwere Tür verriegelt.

38. Kapitel

Berit Wilhelm war zu Hause. Durch die Sprechanlage fragte sie, wer da sei. Conrad nannte seinen Namen. Ihre Wohnung lag in einem Haus am Rande von Borwitz. Das Haus hatte nach hinten keinen Garten. Stattdessen zog sich dort ein nicht sehr breiter Baumgürtel entlang, durch den hindurch Conrad einen der üblichen Kanäle ausmachen konnte. Er registrierte dies nüchtern. Passte ganz gut. Der Summer ertönte. Sie wartete an ihrer Wohnungstür, Erdgeschoss links, und lächelte ihm entgegen.

«Guten Tag. Kommen Sie herein.»

Überrascht schien sie nicht zu sein. Ein bisschen befangen trat Conrad in den kleinen Flur. Sie standen sehr dicht voreinander. Es war ihre Sache, ihn weiter hineinzuführen, einen kurzen Moment blieb sie jedoch, wo sie war. Er begriff, dass sie auf eine Erklärung wartete. Doch da sagte sie schon: »Setzen wir uns? Hier, bitte.« Sie ging voran in ein wunderbar helles Wohnzimmer. Es war angenehm gestaltet, ohne teure Einzelheiten zu enthalten, nicht zu vollgestellt und sehr aufgeräumt. Besonders schön aber war es wegen der offenen Tür zu einer kleinen Terrasse, die direkt auf den baumgesäumten Wasserlauf hinausging. Conrad konnte einen kleinen Anlegesteg sehen, an dem ein Boot lag.

Er setzte sich nicht, denn so fand er es leichter zu sagen: »Ich habe eine Kontaktlinse gefunden, von der ich annehme, dass sie Ihnen gehört.« Er fischte das Ding aus seinem Portemonnaie. Die junge Frau war ebenfalls stehen geblieben und sah aus der Tür hinaus in die sanft schaukelnden Zweige der Birken. Sie wirkte ruhig und sie wartete einfach.

»Vielleicht haben Sie sie schon vermisst und nach ihr gesucht.« Er fand das witzig und eine leichte Belustigung schwang denn auch in seiner Stimme mit.

Offenbar hatte auch sie Sinn für Humor, sie sah ihn gerade an und antwortete: »Nein, gar nicht. Kaffee?«

Wie machte sie das bloß? Er war gerade drauf und dran, ihr einen Mord vorzuwerfen, und sie schien so gut gelaunt! Verstand sie ihn vielleicht gar nicht?

»Lieber etwas anderes, wenn Sie haben. Wie kamen die Linsen in Struves Gesicht?«

»Das Schwein hat sie sich eingesetzt, als ich kurz nebenan war. Fragen Sie mich bloß nicht, wie er das geschafft hat – er hat es jedenfalls geschafft. Ich habe Gin. Mögen Sie das? Sonst nur Whisky, ich weiß aber nicht, ob der gut ist. Ich trinke keinen Whisky.«

Also doch. Bemerkenswerte junge Dame! Sie war in den Flur und weiter in die Küche gegangen.

»Ich wag's. Haben Sie Eis?«

Er hörte sie Kühlschrank und Eisfach öffnen.

»Jede Menge.«

»Prima.« Jetzt setzte Conrad sich doch. Das konnte ja richtig gemütlich werden. »Wieso hat er das gemacht?«

»Wer?«, kam es aus der Küche zurück. Sie klapperte mit Gläsern, schlug das Eis aus dem Kunststoffbehälter.

»Struve. Wieso hat er sie sich eingesetzt?« Er machte seinen Hals lang und fing an, ihre kleine CD-Sammlung zu inspizieren.

»Er hat es mir nicht gesagt. Er dachte wohl, so kann er mich reinreißen ... er war ein Arschloch!«

»Das versteh ich nicht. Sie meinen, da wusste er schon, dass Sie ihn ...« Die CD-Sammlung enthielt im Wesentlichen den üblichen Rockpop-Schrott. Immerhin hatte sich ein Sampler mit uralten Songs der Four Tops dazwischen verirrt, von denen er etliche nicht kannte. Er spielte mit dem Gedanken, die Platte einzulegen, ließ es aber doch lieber bleiben.

»Dass ich ihn töten würde?« Sie kam mit dem Whisky und gab ihn Conrad. Selbst hatte sie was anderes, wohl den erwähnten Gin mit irgendwas. »Ja, das wusste er. Ich hatte es ihm gesagt. Zum Wohl.«

Conrad betrachtete das Glas in seiner Hand ein wenig nachdenklich.

»Und er hatte nichts weiter dagegen einzuwenden oder wie?«

»Er war angekettet. Und er war voll.« Sie bemerkte Conrads Zögern. »Ich möchte den Whisky doch mal probieren. Darf ich?« Sie nahm einen Schluck aus seinem Glas. Sie verzog das Gesicht, fiel aber nicht tot um. Souverän! Diese Frau konnte kaum älter als zweiundzwanzig sein. Dankbar und etwas schuldbewusst sah er sie an und trank nun auch. Es gefiel ihm, mit ihr zusammen aus einem Glas zu trinken. Sie gefiel ihm.

»Angekettet«, wiederholte er.

»Ja, mit Handschellen. Aber nur an einer Hand. Ich hatte sie hier an der Heizung festgemacht.« Die Heizung befand sich hinter dem Sofa, auf dem sie saßen.

›Bluterguss am Handgelenk, links‹, dachte Conrad, und dass Struve sich die Verletzung am Auge gut selbst zugefügt haben konnte.

»Dann hat er genau hier gesessen?«, fragte er. Sie zuckte mit den Schultern.

»Ungefähr, ja. Mehr gelegen allerdings, quer über der Lehne.« Leiser fügte sie hinzu: »Sie wissen nicht, warum ich es getan habe, nicht wahr?«

Sie wollte reden und er hatte nichts dagegen, die Spielchen sein zu lassen. Also schüttelte er den Kopf und hielt den Mund.

»Er war mein Vater.«

»Oh Gott!«, entfuhr es Conrad.

Berit Wilhelm stand auf und begann im Raum umherzuwandern, während sie sprach: »Meine Mutter begegnete ihm in einem Hotel in Berlin, Hauptstadt der DDR. Er gehörte einer zum Teil ziemlich hochkarätigen Delegation aus der BRD an. Es ging um Annäherungen, irgendwie im Zuge der Entspannung, meine Mutter könnte das besser erklären. Mein Vater gehörte zu der Sektion, die für einen erweiterten kulturellen Austausch sorgen sollte. Als kleiner Fisch, aber immerhin, er war dabei. Er galt damals im Westen als engagiert, links, progressiv. So war er denen von hier natürlich ganz willkommen. Meine Mutter war eine Prostituierte. Sie und viele andere wurden von der Stasi auf die Teilnehmer der Delegation angesetzt, das wurde immer so gemacht. Sie sollten den Herren aus dem Westen einen angenehmen Aufenthalt bereiten und möglichst viel aus ihnen rausholen. Ich glaube, dass die Bescheid wussten. Die meisten von ihnen hatten wahrscheinlich sowieso nicht viel Interessantes zu bieten, aber es wurde trotzdem gemacht und die Stasi zahlte was dafür. Meine Mutter kam an Struve, der dann mein Vater werden sollte. Sie verliebten sich ineinander. Er schenkte ihr Blumen und schließlich sogar einen Ring. Er versprach ihr, sie zu heiraten und rüberzuholen. Da war sie schon schwanger, aber natürlich wussten sie das nicht. Die Delegation reiste wieder ab. Meine Mutter merkte, was los war. Sie freute sich. Vorher hatte sie schon Kinder wegmachen lassen, aber diesmal war ja alles in Ordnung. Sie schrieb es ihm. Sie schrieben sich viele Briefe. Er war begeistert. Er kam mehrmals hintereinander zu Besuch.«

›Die Visa in Struves Reisepass‹, dachte Conrad.

»Dann nicht mehr. Da war der Bauch schon dick und rund. Ich kam zur Welt und mein Vater ließ nichts mehr von sich hören. Die Briefe an ihn kamen zurück. Ärger kriegte sie natürlich irgendwann auch deswegen. Sie wollte es nicht glauben.«

Die junge Frau bemerkte, dass ihr Zuhörer seinen Whisky bereits geleert hatte. »Darf ich Ihnen nachschenken?«

Es handelte sich um eine ausgezeichnete Sorte, sehr weich, voll und rein.

»Ja, gern sogar, aber diesmal lieber ohne Eis, das ist bei diesem Zeug ja eine Sünde – wo haben Sie den her?«

Sie nahm das Glas und ging erneut in die Küche. »Hat mein Vater mitgebracht, an dem Abend.«

»Und sich damit gehörig die Kante gegeben, richtig?«

»Richtig. Die Flasche ist jetzt beinahe leer.« Sie kam zurück und legte eine CD ein. Die Four Tops. Es war okay, es stimmte einfach. Er betrachtete sie, ihre etwas unsicheren Bewegungen, ihren Hintern. Sie kam zu ihm und machte, ohne dass er etwas gesagt hatte, wieder den Vorkoster. Er fand das nun an sich unnötig, hielt sie aber nicht davon ab. Sie sah ihn über den Rand des Glases mit ihrem verschleierten Katzenblick an und ihm wurde langsam wärmer. Er musste sich konzentrieren.

»Wie ging's weiter?«, fragte er. Sie lehnte sich zurück.

»Vor sechs Jahren traf meine Mutter ihn wieder. Für ihren ehemaligen Beruf fühlte sie sich längst zu alt. Sie hatte diese Arbeit angenommen auf dem Campingplatz. Das reichte kaum zum Leben, aber es war besser als nichts. Mit der Zeit gelang es ihr, sich dort durch Vermittlung von – na, Kontakten – Sie wissen schon, eine ganze Menge dazu zu verdienen. Schließlich kannte sie sich aus. Das ging so weit, dass speziell dieser Platz es zu großer Beliebtheit in entsprechenden Kundenkreisen gebracht hat. Alle profitierten mit. Für die einfachen Menschen gibt es hier nicht sehr viele Möglichkeiten, Geld zu verdienen, es wurde also gern geduldet. Eines Tages dann kam Werner Struve, mein Vater, auf den Platz. Als meine Mutter ihn sah, traf sie fast der Schlag. All die Jahre hatte sie diesem verpassten Glück, diesem Mann nachgehangen. Am Anfang war es natürlich am Schlimmsten. Aber ganz aufgehört hatte es nie. Da war er also wieder. Er war nach Berlin gezogen und hatte wohl von dem besonderen Service hier gehört. Vielleicht war's auch Zufall. Er wurde Stammgast und nahm die Vermittlungsdienste meiner Mutter ständig in Anspruch. Manchmal wohnte er regelrecht den ganzen Sommer da. Aber ob Sie's glauben oder nicht, er hat sie nie erkannt. Sie können sich nicht vorstellen, wie sehr sie ihn hassen lernte.«

Conrad starrte vor sich hin. Hübsche Geschichte, das. Nicht die krasseste Sorte, aber es reichte auch so. Er fragte: »Und Ihre Mutter hat nie geheiratet? Sie waren immer zu zweit?«

Die junge Frau nickte. »Sie hat es mir nicht gesagt. Ich dachte meine ganze Kindheit und Jugend durch, mein Vater sei tot. Ich habe nie gefragt, warum es keine Fotos gibt oder solche Sachen. Er war tot. Erst vor ungefähr zwei Jahren habe ich's erfahren. Sie hatte einen Zusammenbruch und so bekam ich alles heraus. Ich hatte einen Vater! Dann habe ich ihn beobachtet, aus der Ferne. Das war nun allerdings nicht so erhebend. Am Ende habe ich ihn vielleicht noch mehr gehasst als sie. Ich überzeugte sie davon, dass wir ihn töten sollten.«

»Wie das?«, fragte Conrad, aber die junge Frau antwortete nicht. Offenbar hatte sie im Augenblick keine Kraft mehr, über die Motive des Mordes zu sprechen. »Na gut, dann kommen wir später dazu. Aber wie sollte das Ganze nun vor sich gehen?«

»Meine Mutter vermittelte ihm ein besonderes Erlebnis mit einer sehr strengen Polizistin. Der stand auf so was. In voller Uniform holte ich ihn zur verabredeten Zeit an der Zufahrtstraße zum Campingplatz ab und brachte ihn her. Er ließ alles brav mit sich machen, weil er ja dachte, es ist nur Getue. Ich sagte ihm, dass er al-

le seine Kleider ausziehen müsse. Das fand er toll. Ich kettete ihn an die Heizung und füllte ihn ab. Er bettelte, ich solle ihn bestrafen. Was für ein erbärmlicher Wichser! Dabei kriegte er einen hoch. Da sagte ich ihm, wer ich bin und weshalb er hier war. Natürlich hätte er jetzt Krach schlagen können. Dann hätte ich ihm eben gleich eins mit dem Knüppel überziehen müssen. Jedenfalls wollte ich, dass er wusste, wer ihn umbringen wird. Und ich wollte, dass er Angst hat. Also, ich sagte, dass ich ihn in ein paar Augenblicken erwürgen würde. Er schrie nicht los, versuchte nicht, die Leute im Haus zu wecken. Ich ging da rüber ins Schlafzimmer, um ein Paar Handschuhe anzuziehen. Außerdem holte ich den Ring, den er meiner Mutter geschenkt hatte. Sie hatte ihn nie wegwerfen können, und für diesen Abend hatte sie ihn mir gegeben. Ich kam wieder hierher und zeigte ihm den Ring, damit er auch wirklich glaubte, dass ich seine Tochter bin. Er erkannte ihn natürlich nicht. Ich sagte ihm, dass die Frau im Kiosk auf dem Campingplatz seine ehemalige Geliebte ist. Er grinste nur blöd. Er lallte, ich würde mich noch wundern. Bald würde man sehen. Ich knallte ihm eine. Ich glaube, er hatte gar keine Angst. Ich war wütend wie noch nie in meinem Leben. Und das machte ihn an. Ich habe nichts gegen Leute, die darauf stehen, vertrimmt zu werden, mir ist so was eigentlich egal. Aber er wusste, dass er mein Vater ist. Und trotzdem machte es ihn an. Er hatte eine Latte. Da drückte ich zu, jetzt wollte ich es nur noch zu Ende bringen, so schnell wie möglich. Er war so ...«
Sie suchte nach einem treffenden Wort, schüttelte dann aber nur den Kopf.

Conrad wusste aus dem Bericht, dass Struve in dieser Situation ejakuliert haben musste. Vielleicht hatte seine Leiche deshalb jenen merkwürdig zufriedenen Ausdruck gehabt. Nun, das brauchte jetzt nicht unbedingt erwähnt zu werden.

»Meine Kontaktlinsen muss er sich mit der freien Hand in der kurzen Zeit eingesetzt haben, in der ich Ring und Handschuhe holte«, setzte die junge Frau nüchtern hinzu. »Ich hatte sie auf dem Fensterbrett stehen lassen, da kam er natürlich leicht dran. Erst am Morgen stellte ich fest, dass sie fehlten. Der Behälter war umgekippt, die Flüssigkeit auf dem Fensterbrett verschüttet. Aber die Linsen waren weg. Klar, jetzt verstand ich seine blöden Sprüche. Er war voll, aber so voll konnte dieser Mann gar nicht sein, dass er zu keiner Hinterlist mehr fähig war.«

Conrad war drauf und dran, ihr zuzustimmen, konnte sich aber noch bremsen. Immerhin war das, was die junge Frau hier mit ihrem Vater angestellt hatte, auch nicht gerade ein Beispiel hoch kultivierten Verhaltens. Sie hatte Struve seine Exekution angekündigt, da konnte man eigentlich nicht besonders viel Rücksicht seinerseits erwarten. Also bemerkte er lediglich sachlich: »In der Zwischenzeit brachten Sie ihn auf den Platz zurück. Sie benutzten wahrscheinlich ein Boot. Aber allein konnten Sie das nicht bewerkstelligen.«

»Meine Mutter half natürlich mit, ich rief sie an, als es vorbei war. Außerdem …«

»Außerdem riefen Sie Jens Mainling an.«

»Woher wissen Sie das? Hat er Ihnen das gesagt?« Sie machte ein ungläubiges Gesicht.

»Nein. Ich habe es ihm gesagt. Bis dahin hat er stur behauptet, Ihren Vater selbst ermordet zu haben, und zwar direkt am Fundort der Leiche.«

Sie lächelte zärtlich und melancholisch. »Er ist wirklich ein lieber Kerl. Vollkommen verrückt allerdings. Wie kann er nur glauben, dass ich ihn für mich im Gefängnis sitzen lassen würde! Also, Sie wissen es nicht von ihm.«

»Ich habe kombiniert: Sie ermorden um halb drei in der Nacht Werner Struve und brauchen Hilfe, um ihn zurück auf den Platz zu schaffen, wo viele Leute und also viele eventuelle Verdächtige sind. Mainling bekommt ein paar Minuten später, also um Viertel vor drei, einen Anruf und fährt dann mit seinem Wagen weg. Wer hat ihn angerufen? Hab ziemlich lange grübeln müssen.«

Sie musste lachen und er freute sich darüber. Sie würde für lange Zeit nicht mehr sehr viel zu lachen haben. Dann erzählte sie weiter. »Wir besprachen alles genau. Wir wollten noch bis gegen halb fünf Uhr warten. Da beginnt es zwar schon zu dämmern, aber es ist die Zeit, wo auf dem Campingplatz am wenigsten Leute wach sind. Sie verstehen, wegen der nächtlichen Aktivitäten dort mussten wir daran denken. Als es so weit war, wickelten wir ihn in eine große Decke und trugen ihn zum Boot. Wie Sie schon dachten, hatte ich eines unten an den Kanal gelegt. Es ging alles ganz einfach. Kein Mensch war zu sehen. Wir ließen ihn auch ein bisschen im Wasser treiben, um irgendwelche Spuren aus meiner Wohnung oder von mir von ihm abzuwaschen. Auf dem Wasserweg ist es nicht sehr weit zum Platz, nach zwanzig oder fünfundzwanzig Minuten waren wir da. Die Decke und seine Kleider hatten wir inzwischen unterwegs mit ein paar dicken Steinen zusammengeschnürt und versenkt. Durch die Hintertür der Baracke kamen wir zu den Frauentoiletten. Dann mussten wir nur noch in den Teil für die Männer rüber. Wir legten ihn unter die Dusche und verschwanden auf dem gleichen Weg. Natürlich sollte es möglichst so aussehen, als sei er dort gestorben. Das war wohl nicht so professionell gemacht ...« Es wirkte fast entschuldigend, wie sie das sagte. »Übrigens ließen wir die Dusche auch noch einen Moment laufen, aber nicht sehr lange. Wir mussten ja schnell wieder weg.«

Conrad erinnerte sich. Der Tote war um zwanzig nach sechs nass gewesen. Nicht triefend nass, aber jedenfalls auch nicht trocken, und das hatte ihn irritiert. Bei einer Spanne von nur eineinhalb Stunden war das schon eher drin. Und die vielen Mikroben aus dem Kanal waren eben nicht vollständig abgespült worden. Die junge Frau setzte ihre Schilderung fort.

»Wir gingen zu meiner Mutter und warteten auf den Morgen. Sie wissen vielleicht, dass sie auch in diesem Dorf wohnt. Ich musste als Erste gehen, Jens und meine Mutter hatten erst ab elf Uhr Schicht. Ich ging also hierher, duschte und wollte dann zum Dienst. Da merkte ich, dass die Linsen weg waren. Ich habe zwei Paare, die grün gefärbten trug ich kaum noch. Jedenfalls wurde mir klar, dass mein Vater sie genommen haben musste. Ich rannte sofort ans Telefon und rief meinen Kollegen an. Sie haben ihn auf dem Campingplatz gesehen. Ich wusste, dass er nah am Revier wohnt und bat ihn, obwohl es eigentlich noch zu früh war, sofort den Streifenwagen zu holen und damit zu mir zu kommen. Borwitz ist, wie Sie wissen, längst nicht so weit von der Müritz entfernt wie Neustrelitz, es liegt fast auf dem Weg. Als er kam, war die Meldung, Toter auf Campingplatz, gerade erst raus. Wir waren ziemlich dicht dran, also konnten wir ganz normal durchfunken, dass wir schon auf dem Weg seien. Während der Fahrt erklärte ich dem Kollegen nur, mein Auto sei kaputt und weil es ja nun drunter und drüber ging, fragte er auch nicht weiter. Er hat nicht gemerkt, was eigentlich los war, auch nicht, als ich die Nummer mit der Wiederbelebung abzog. Die scheußlichste Sache meines Lebens.« Conrad konnte es ihr nachfühlen.

»Und«, fügte sie hinzu, »dann fiel mir die eine Linse auch noch runter. Und dann waren plötzlich Sie da ...«

»Und Ihre Mutter wusste nichts von dieser Aktion?«

»Nein, ich hatte keine Zeit, die Geschichte noch groß mit ihr oder sonst wem durchzuplanen. Ich habe einfach nur noch reagiert. Als ich es ihr später am Vormittag sagen konnte, bekam sie einen ziemlichen Schreck. Das war kurz bevor sie selbst zur Arbeit auf den Platz musste. Sie kam dann auf die Idee, das Gerücht zu streuen, es handle sich gar nicht um Mord, sondern um eine Art Unfall im Milieu. Das würde den Kreis der Verdächtigen in eine andere Richtung ausweiten, hoffte sie.«

»Stimmt, hat sie probiert. Ist aber nicht weit gekommen damit«, bestätigte Conrad belustigt.

»Die Idee war vielleicht ein bisschen naiv, ja. Aber das spielte dann gar keine Rolle, Jens hat sich ja sehr bald entschlossen, den Mord auf seine Kappe zu nehmen. Übrigens ohne mich vorher zu fragen.«

»Gut, Mainling. Lassen Sie uns noch einmal einen Schritt zurückgehen. Sie kennen Mainling schon lange?«

»Seit ich weiß, wer mein Vater ist. Damals kam ich ja oft auf den Platz.«

»Wieso sollte gerade er beim Transport der Leiche helfen? Und wusste er schon vorher, was Sie vorhaben?«

»Nein, das wusste er nicht. Aber er wusste, dass ich Struves Tochter bin. Er ist ein sehr guter Freund, übrigens auch für meine Mutter. Mein Vater kannte ihn schon lange aus Babelsberg und hat ihm vor ungefähr zwei Jahren den Job im Bootsverleih vermittelt. Daraufhin lernte meine Mutter ihn kennen und ich schließlich auch. Er hat dafür gesorgt, dass ich meinen Vater auch mal bei der Arbeit beobachten konnte. Dazu hat er extra einen kleinen Film konzipiert, den mein Vater ihm erwartungsgemäß wegnahm. Mich hat Jens da als Darstellerin eingeschleust. Mein Vater war während der Arbeit ebenso abstoßend wie in seinem Privatleben. Er hätte mich ja eigentlich wiedererkennen müssen, der Dreh ist ja erst ungefähr eineinhalb Jahre her, aber ...na ja, hat er eben nicht. Bei den Arbeiten hat er mich ständig angebaggert, manchmal auch begrapscht und auf was für eine miese Art! Und einmal hat er dann versucht, noch weiter zu gehen. Er war besoffen, aber das war er ja so ziemlich immer. Jedenfalls kam er mit diesen Sprüchen, er werde mich groß rausbringen, wenn ich mich jetzt nicht so zimperlich geben würde und eigentlich wollten das ja alle Frauen, ein bisschen hart angefasst werden und so weiter. Und mit einem Big Shot wie ihm ins Bett steigen. Und so kämen sie alle nach oben, was ich denn glauben würde. Ich sei doch schließlich auch bloß so eine kleine Nutte, die es mit jedem macht, bloß um zu etwas zu kommen. Und so weiter. Als er merkte, dass er so nicht recht weiterkommen würde, versuchte er es mit Gewalt. Das war lächerlich, er konnte mir natürlich nichts anhaben, zumal in diesem Zustand. Aber nicht jede Frau hat so eine Ausbildung wie ich. Er hat versucht mich zu vergewaltigen, und bei einer schwächeren Frau hätte er das vielleicht auch geschafft. Das alles wird Sie nicht mehr überraschen, nach dem, was Sie jetzt wissen. Für mich war das damals aber nicht so einfach zu verpacken. Im Gegenteil – das war der Moment, wo ich meiner Mutter sagte: der Sack soll sterben.«

»Und da hat Ihre Mutter einfach gesagt: ›Gute Idee, bringen wir ihn um‹, oder wie?«

»Na ja, irgendwie schon. Sie war wahrscheinlich schon selbst auf solche Gedanken gekommen – würde mich jedenfalls nicht wundern.«

Es war klar, dass Berit Wilhelm ihre Mutter an diesem Punkt deckte. Möglicherweise war die Anstiftung von der Alten ausgegangen – Conrad beließ es jedoch vorerst bei dieser Version. Das Tatmotiv insgesamt schien ihm nun jedenfalls hinreichend erklärt.

»Der Film selbst war übrigens gar nicht so schlecht, glaube ich, der war eher witzig ...«

»*Talk*? Der Kurzfilm?«, entgegnete Conrad. »Ja, ich habe ihn gesehen. Mainling hat ihn mir gezeigt.«

»Ich weiß«, nickte sie, und dabei lächelte sie ihn irgendwie strahlend an. »Sonst hätten Sie Gernot bei seinem tollen Drohanruf ja nicht so furchtbar erschrecken können. Er war völlig bedient danach.«

Das Lächeln wurde noch eine Spur entwaffnender. Es kostete Conrad einige Konzentration, möglichst trocken zu antworten: »Richtig, Gernot. Der männliche Part in diesem erquicklichen Filmwerk. Übrigens auch in der geschmacklosen Komödie, die Sie mit meiner Frau und meinen Kindern meinten veranstalten zu müssen.«

Sie senkte den Kopf. »Es tut mir so leid. In meiner Panik hielt ich das Theater für gerechtfertigt. Inzwischen habe ich da Zweifel.« Es war deutlich zu sehen, dass sie das ernst meinte.

»Ihre Zweifel sind angebracht, und zwar insbesondere in Bezug auf die Ermordung Ihres Vaters. Das ist ja schlimmer als Selbstjustiz. Das ist ja schon Lynchjustiz! Aber darum geht es jetzt nicht. Ich will wissen, wer dieser Gernot ist«, blaffte Conrad viel ruppiger, als ihm eigentlich zumute war.

Sie sah ihn so traurig an, dass es ihm weh tat. »Gernot ist mein Ex. Oder ich bin seine Ex. Egal. Wir sind nicht mehr zusammen, aber wir haben uns sehr gern. Er fand das Ganze grauenhaft, das müssen Sie mir um seinetwillen glauben. Er wollte mir helfen, also tat er, was ich ihm sagte. Ich möchte, dass Sie nicht von ihm denken, dass er jemals einem Ihrer Kinder irgendetwas hätte antun …«

»Besten Dank. Ich habe bereits einen eindrücklichen Beweis seiner Sanftmut erhalten.« Wieder tat ihm sein scharfer Ton leid, er hatte von dem Mann ja eigentlich genau den gleichen Eindruck gewonnen. Sie verstand nicht. Er zeigte auf die entsprechende Stelle an seiner Schläfe.

»Was – das war Gernot? Was ist passiert?« Sie wusste von seinem letzten Treffen mit Gernot offenbar noch nichts.

»Halb so wild«, beruhigte er sie sarkastisch, »ihm ist nichts passiert.« Die Stimmung war nun wirklich ein bisschen abgesackt. Also änderte er den Tonfall: »Sagten Sie nicht, es wäre noch ein Rest da?« Dabei winkte er mit seinem Glas. Die Four Tops soulten und groovten, wie die Four Tops das eben so tun. Sie kam mit neuem Gin für sich und Conrads Whisky zurück und setzte sich zu ihm auf das Sofa. Er probierte ihren Gin, als sie für ihn vorkostete. Schnell hob sich die Stimmung wieder und sie gerieten ein bisschen ins Tratschen. Die gelungene Nummer, mit der sie den großen Hauptkommissar Hauptmann rumgekriegt hatte. Ein wenig rauchig ins Telefon wispern. Nein, natürlich nicht ganz so dick aufgetragen, wie in dem Film. Den Verkäufer in dem Laden in Mirow mit sanftem Druck zu überreden, die Nummer herauszurücken, war kein Kunststück gewesen. Und Conrads Verdacht war auf Bode gefallen!

Der Arm der jungen Frau ruhte locker auf der Rückenlehne des Sofas. Ihre Hand berührte beinahe Conrads Schulter. Unbeabsichtigt und mehr oder weniger ohne es zu bemerken lehnte er sich noch ein paar Millimeter zu ihr hinüber. Das ganze Ablenkungsmanöver habe ja sowieso nicht allzu lange halten sollen: Als Bodes Leute am »Tatort« fertig waren, sei es lediglich darum gegangen, Conrad eine Zeitlang vom Platz zu bekommen, um zu sehen, ob die vermaledeite Linse noch da war oder nicht. Eine Kontaktlinse dieser Fertigungsart in dieser Farbe in exakt dieser Stärke wurde in der näheren

Umgebung nicht jeden Tag verkauft. Man konnte das durchaus rückverfolgen. Sie musste sie suchen. Fände sie das dumme Ding, wäre damit das einzige womöglich belastende Beweisstück in diesem ganzen Mordfall aus dem Verkehr gezogen. Dafür konnten ein paar Übertretungen der Dienstvorschriften schon riskiert werden. In Conrads Erinnerung tauchten rot-weiße Absperrbänder auf, die er eigenhändig hatte entfernen müssen. So war das also. Sie hatte die Suche zu diesem Zeitpunkt noch nicht aufgegeben. Klar eigentlich, die Spurensicherung hatte die Linse nicht zu Tage gefördert, das dürfte leicht herauszufinden gewesen sein, als Polizistin kannte sie die richtigen Leute. Natürlich hatten sie ihn am Nachmittag jenes Tages die Baracke durchstreifen sehen. Die Mutter, Frau Wilhelm, hatte ja Dienst gehabt, und Jens Mainling ebenfalls. Nachdem Berit Wilhelm hundertmal den Boden der Männerdusche abgesucht hatte, war nur der Schluss übriggeblieben, dass Conrad die Kontaktlinse gefunden haben musste. Da hatte sie nun vor der Wahl gestanden, das Ablenkungsmanöver bis zum St. Nimmerleinstag fortzusetzen, um Conrad für ewig daran zu hindern, seine Arbeit zu tun, was natürlich nicht ernsthaft in Frage kommen konnte. Oder den Blödsinn sein zu lassen und einfach abzuwarten, was da kommen werde. Sie beorderte Gernot zurück, dessen »Job« ohnehin immer heißer geworden war. Ja, und nun war Conrad eben hier.

»Ich kann nicht einmal sagen, dass mir das ausschließlich unangenehm ist«, sagte sie mit ihrem Schleierblick und ihm ging es durch und durch. Aber so benebelt er auch inzwischen sein mochte, realisierte er doch noch, dass sie ihn nun eben einfach mit anderen Mitteln bearbeitete. Und dass dies der letztmögliche Zeitpunkt war, einen Abgang zu machen. Als er den Entschluss gefasst hatte, sofort zu sehen, dass er hier wegkäme, ließ er sein Gewicht – nur so zum Auftanken – noch ein bisschen tiefer in die Polster sacken. So musste ihre Hand ihn berühren und das tat sie denn auch. Berit Wilhelm ließ ihre Hand eine Sekunde zu lange, wo sie war, und Conrad sprang eine Sekunde zu spät auf. Er verabschiedete sich förmlich und ein wenig steif.

39. Kapitel

Als Conrad wieder über die längst wohl vertraute Einfahrt des Platzes gezuckelt war, kam Holm aus dem Büro.

»Guten Tag, Herr Conrad. Ich nehme an, Sie werden die näheren Umstände des bedauerlichen Zwischenfalls an diesem See bald rekonstruiert haben?«

»Ähm, guten Tag, ja, also ich glaube nicht, dass ich zum gegenwärtigen Zeitpunkt sehr offen darüber sprechen kann, Herr Holm, tut mir leid. Aber ich glaube, ich darf Ihnen immerhin die erfreuliche Mitteilung machen, dass …«

»… Herr Mainling noch heute aus dem Gefängnis freikommt«, vollendete Holm. »Ja, damit war zu rechnen.«

Conrad hatte bereits eine Kostprobe von Holms messerscharfen Folgerungen erhalten. Entschlossen, sich nicht aus der Fassung bringen zu lassen, sah er den Alten lediglich abwartend an.

Holm fuhr fort: »Um dieser Geschichte nun zu einem vollends glücklichen Ausgang zu verhelfen, wäre es natürlich außerordentlich hilfreich, wenn sich ein Weg fände, auch die arme Berit Wilhelm ungeschoren zu lassen.«

Ein überraschter Ausruf brach aus Conrad heraus. »Was ist das denn jetzt schon wieder? Mann, Holm, wie ... wie haben Sie das bloß herausgefunden?«

Holm ließ sich keinerlei stille Genugtuung oder Ähnliches anmerken. Konnte dieser Mann wirklich so frei von Eitelkeit und Geltungssucht sein? Tatsächlich zeichnete sich eher Besorgnis auf seinem Gesicht ab.

»Gar nicht. Frau Wilhelm, die Mutter, hat es mir vor einigen Tagen gesagt«, antwortete er schlicht. »Gleichwohl habe ich ein wenig nachgedacht. Die verschiedenen Zeugen, die Herr Bode befragt hat, waren ja alle hier versammelt und außerdem zum größten Teil recht redselig. So konnte ich mir ebenfalls ein recht genaues Bild von der Nacht machen, in der Herr Struve umgekommen ist. Wenn mir diese persönliche Bemerkung nebenbei gestattet ist: Es hat nicht den Falschen getroffen. Jedenfalls haben meine Überlegungen mich zu der Ansicht gelangen lassen, dass es durchaus denkbar und möglich ist, Herrn Mainling zu entlasten, ohne dafür zwingend die junge Frau Wilhelm der Tat bezichtigen zu müssen.«

Conrad starrte den Mann an. Er wunderte sich nicht wenig über die Offenherzigkeit, mit der die alte Wilhelm mit dem Mord ihrer Tochter hausieren zu gehen schien, aber das war es nicht, was ihn so konsternierte. Auch nicht, dass Holm wieder mit traumwandlerischer Sicherheit den genauen Stand der Dinge erfasst hatte. Vielmehr war es die Tatsache, dass exakt der Gedanke, den der Alte zuletzt geäußert hatte, bereits seit einiger Zeit uneingestanden in ihm selbst herumgeisterte.

»Das geht jetzt aber doch ein bisschen weit, Herr Holm!«, fuhr er ihn an, was die pure Heuchelei war. Holm nahm den Tadel mit der Haltung eines Gentleman entgegen.

»Ich bitte um Verzeihung. Die Gedanken eines alten Mannes. Sie wissen sicherlich, dass man im Alter zunehmend zu milderen Beurteilungen menschlichen Fehlverhaltens neigt. In keiner Weise habe ich die Integrität Ihrer Person oder der Art, wie Sie Ihre Arbeit verrichten, in Zweifel ziehen wollen.«

Conrad winkte ab: »Ja ja, schon gut, Herr Holm. Ich muss mich meinerseits entschuldigen. Ich bin viel zu heftig geworden ...«

Etwas verlegen sahen beide auf den See hinaus.

»Darf ich die Gelegenheit ergreifen, Sie auf ein kleines Treffen hinzuweisen, dass heute Abend hier stattfinden wird?«, beendete Holm das Schweigen schließlich. »Es werden nur wenige Personen anwesend sein, die Sie aber alle kennen. Wir würden uns freuen, wenn Sie dabei wären.«

40. Kapitel

So waren sie am Abend alle versammelt, Holm hatte ganze Arbeit geleistet. Über die Müritz ging ein leichter Wind und die Möwen schaukelten träge darin herum. Kleine Wellen plätscherten gemütlich gegen den Bootssteg. Die Sonne hatte sich bereits ins Rötliche verfärbt und stand rund und schön über dem See. Aus irgendeinem Autoradio oder Kassettengerät weiter hinten wehten gedämpfte Ambient-Klänge herüber und vermischten sich auf geheimnisvolle Weise mit dem Geruch des Thymians auf den Lammkoteletts, die neben Weißbrot und einigen feisten Würsten auf dem Grill vor sich hin zischten. Dazwischen ließ sich ab und zu das würzige Aroma von Bodes Filterlosen erahnen, die er nie rauchte. Ein paar leere Bierflaschen lagen bereits im Gras, aber inzwischen schwankten alle zwischen dem weißgoldenen, leichten Silvaner aus Franken und einem undefinierbaren Roten, der trotz seiner zweifelhaften Herkunft einfach perfekt zu diesem Abend passen wollte. Man hatte mit jedem Schluck den Eindruck, nüchterner zu werden, weil die reiche Atmosphäre durch den Wein noch stimmiger und intensiver wurde. Natürlich ein irriger Eindruck, wie Conrad bemerkte, als er aufstehen wollte, um – ja wozu hatte er eigentlich aufstehen wollen? Also blieb er sitzen. Es war schon merkwürdig. Hier saß er nun in trauter Eintracht mit einer sehr sympathischen Mörderin und ihrer Mutter, die eine Mittäterin war. Ferner einem weiteren Komplizen, dem Wunderjogger, der, wie sich herausgestellt hatte, in Wahrheit ein freundlicher aktiver Zehnkämpfer war, und der seine – Conrads – Familie in Angst und Schrecken versetzt hatte und ihn zudem am Vortag fast umgebracht hätte. Diesem Zehnkämpfer hatte er vor etwa einer Stunde eine saftige Gerade mitten ins Gesicht gepflanzt. Der Sportsmann hatte sich nach wenigen Sekunden still wieder erhoben und irgendwie so hingestellt, als erwarte er nun die nächste. Da hatte Conrad den Gedanken an irgendeine Form der Rache fallen lassen müssen.

Des Weiteren gab es da noch einen kauzigen Hobbydetektiv, der immerhin ein Mitwisser war. Einen gescheiterten Filmstudenten, der sich lieber für die Mörderin hatte zum Sündenbock machen lassen wollen, als sie in den Knast wandern zu sehen. Und schließlich einen Polizeikollegen, der ihm mal eben das Leben gerettet hatte. Und der den Mord bei aller Problematik für »menschlich verständlich« hielt. Etwas in dieser Richtung hatte Bode vor ein paar Augenblicken jedenfalls geäußert und hinzugefügt, dass von »niederen Beweggründen« möglicherweise juristisch, nicht aber moralisch die Rede sein könne. Nun, ganz nüchtern war der sicher auch nicht mehr. Die meisten dieser Leute hatten massiv gegen geltendes Recht verstoßen und konnten daher nur als Verbrecher bezeichnet werden. Wenn er die Mörderin ins Gefängnis bringen wollte, würden die alte Wilhelm, der Zehnkämpfer und Mainling ebenfalls vor Gericht gestellt werden, so viel war klar. Holm hatte bisher nichts Unrechtes getan, aber er hatte schon seit Tagen gewusst, wer Struve umgebracht hatte, ohne etwas der Polizei zu melden. Da konnte man auch schwerlich ein Auge zudrücken. Aber was wollte er selbst? Wollte er die junge Frau denn unbedingt verurteilt sehen? Er schielte zu Berit hinüber und sofort traf ihn ihr Blick. Er fühlte sich an wie ein weicher Cognac an einem kalten Herbstnachmittag. Genauso ging er in ihm runter, breitete sich in ihm aus, so warm und betörend. Sie wollte ihn kaufen, ja natürlich. Und die anderen, ausgenommen vielleicht Mainling, wollten sicherlich auch, dass er sich kaufen ließ, weil sie dann alle aus der Sache heraus wären. Ja. Aber sie waren wirklich nicht so, wie man sich gewissenlose Menschenschlächter und Polizistenschmierer oder deren Helfershelfer gemeinhin vorzustellen hatte, ganz im Gegenteil. Noch immer spürte er diesen Blick auf sich ruhen, er würde den seinen wahrscheinlich den ganzen Abend nicht heben können, ohne dem ihren zu begegnen. Ein paar Kinder sprangen vom Bootssteg aus ins Wasser. Sie quiekten und lachten und prusteten. Man plauderte entspannt über dies und jenes. Alles schien leicht und in Ordnung. Und doch warteten sie auf etwas. Etwas, das er und wahrscheinlich auch Bode tun sollten. Der unterhielt sich seit einiger Zeit leise mit der alten Wilhelm und wirkte sehr nachdenklich. Was wollte Bode? Zumindest sah er wahrlich nicht so aus, als ob er wild darauf wäre, die Bande zu verknacken, so viel stand fest. Conrad war, als brauche er nur ein Wort zu sagen, und schon würden sie alle diesen herrlichen Abend so genießen können, wie es die Urlauber ringsum taten. Wie es die planschenden Kinder taten und gewiss auch die Möwen und weiß der Teufel, vermutlich sogar die Birken und Fichten und der weiche märkische Sand. Ein Wort – aber dies Wort würde sein ganzes Leben umkrempeln.

Und während er mit sich kämpfte, stand Berit auf und stellte sich hinter ihn. Sie beugte sich von oben über sein Gesicht, strahlte ihn an und flüsterte: »Ich möchte, dass du nichts Falsches denkst. Ich mag dich einfach. Auch wenn du deine Pflicht tust und mich ans Messer lieferst, werde ich dich mögen.«

Sie war unglaublich hübsch und verführerisch. Und dann auch noch so etwas zu sagen! Conrad war völlig entwaffnet. Er schluckte, atmete tief durch. Dann noch mal, schon freier. Sein Körper und sein Gewicht schienen sich erst ganz langsam, dann immer schneller zu verflüchtigen. Sie flossen einfach ab. Vor seinem inneren Auge sah er ehemalige Kollegen, teilweise waren es Freunde gewesen, die irgendwann angeblich oder tatsächlich korrumpiert worden waren. Der eine oder andere winkte fröhlich oder zwinkerte ihm zu. Er sah das verzerrte Gesicht Hauptmanns, lustig war das, weil es ohne Ton und in Zeitlupe zu brüllen schien. Etwas war jetzt aber doch zu hören, nur war das eine ganz andere Stimme. Sie sang eine ferne Unterwassermelodie:

Ich kann mich spalten / ein Doppelblick / ein Spiegelspiel / ein Milchgesicht / von Kopf bis Fuß / mit Haut und Haaren / aus Fleisch und Blut

Und während er noch tief im Katzenaugensee herumtauchte, sagte er, plötzlich entschlossen und deutlich genug, dass es die anderen hören konnten: »Ob ich dieses, wie darf ich es nennen, Freundschaftsangebot annehmen kann, weiß ich nicht. Und zwar aus Gründen, die mein Privatleben betreffen und über die ich mir selbst noch Rechenschaft ablegen muss. Aber ganz unabhängig davon können die Umstände des Todes von Werner Struve möglicherweise nie vollständig aufgeklärt werden.«

Einen kurzen Augenblick lang herrschte Stille. So lange brauchten sie, um zu realisieren, dass sie vielleicht tatsächlich bekommen würden, was sie wollten. Conrad war nicht sicher: Hatte er das eben wirklich gesagt? Oder hätte er es nur gern sagen wollen? Immerhin, Bode sah reichlich erschrocken aus, er als Einziger. Dieses Lied, das Conrad schon einmal gehört hatte, war aus dem in einiger Entfernung spielenden Gerät gekommen. Jemand verstellte den Sender oder wechselte die Kassette und nun begann die Einleitung des coolen Miles Davis-Klassikers *So what* herüberzuwehen und nahm sie wieder mit in den Sommerabend.

Berit hatte sich aufgerichtet. Sie hatte ihre Hand ganz leicht auf seine Schulter gelegt. Dann war sie zu ihrem Platz zurückgegangen. Die ganze Verbrecherbande – gehörte er nun dazu? – hing mit wippenden Füßen in ihren Stühlen und ließ sich die wunderbaren Lammkoteletts schmecken. Die Würstchen ließ man verkohlen und verfütterte sie danach an die herumtollenden Hunde der Urlauber. Zwischen den Bierflaschen lagen mehrere Weinflaschen im Gras. Als die Sonne längst untergegangen und es kühler geworden war, machten sie sich ans Aufräumen. Dann war das erledigt. Conrad spürte, dass da noch etwas war, aber er kapierte nicht. Frau Wilhelm stand dicht neben Holm, wenn er das in der Dunkelheit richtig sah, hielten sie sich an den Händen.

Schließlich sagte Frau Wilhelm zu Bode und Conrad: »Sie finden das angesichts der Lage vielleicht ein bisschen übertrieben, aber jedenfalls feiern wir nachher noch ein bisschen weiter. Wir kommen ja vielleicht nicht so bald wieder dazu. Und Sie dürfen nicht vergessen, dass wir alle gute Freunde sind, Jens, Gernot, Berit, Herr Holm und ich. Wir gehen zu Herrn Holm nach Hause. Natürlich möchte ich, dass Sie beide meine Berit nicht ins Gefängnis bringen – mich meinetwegen, für mich hat sich dieser Mord auf jeden Fall gelohnt, aber meine Tochter … Nun, Sie werden tun, was Sie wollen, wir können Sie da nicht beeinflussen. Aber wie auch immer Sie darüber denken, wir freuen uns, wenn Sie jetzt noch mitkommen würden.«

›Sieh an, sieh an, kann ja recht gewandte Reden schwingen die Gute‹, ging es Conrad durch den Kopf. Diese Leute hörten nicht auf, ihn zu verblüffen.

Holm sagte: »Wir werden den Weg zu meiner Wohnung auch zu Fuß zurücklegen müssen, denke ich. Oder ist hier noch jemand nüchtern?«

Alle lachten, denn davon konnte schlicht keine Rede sein. Man machte sich zum Aufbruch bereit, fast eine halbe Stunde werde man für die zwei Kilometer wohl brauchen, war zu hören.

»Na, Kollege, wie sieht's aus?« Bode gab Conrad grinsend einen Schubser, geriet dabei jedoch selbst leicht ins

Wanken. »Mitgehen und mit unseren Opfern noch ein bisschen Spaß haben, kann doch nicht schaden.« Leise fügte er hinzu: »Aber dass eins klar ist: Wir können die Sache am Ende doch nicht auf sich beruhen lassen, das wissen wir beide gut genug, wie? Spätestens morgen, wenn wir wieder nüchtern sind.«

Es klang weniger überzeugend, als es wohl sollte. Bode musste in der Tat viel getrunken haben, vielleicht, weil es ihm ebenso schwer fiel, seine Pflicht zu tun, wie Conrad. Berit stand abwartend da und hielt nun, soweit dies im Dunkeln zu erkennen war, den Blick gesenkt. Natürlich wäre es eine herbe Ohrfeige für sie, wenn er sie zurückwies, noch dazu vor aller Augen. Diese ganze Party, oder was das noch werden sollte, war ja wohl in der Hauptsache als Anbahnung eines kleinen – nun, Vergnügens für ihn gedacht, oder? Von wegen keine Beeinflussung! Er fühlte sich weiß Gott beeinflusst genug. Und er war scharf auf Berit, und das nicht zu knapp. Mehr als das, er war richtig verknallt. Aber: Wenn diese Party für ihn inszeniert wurde, womit wollten sie dann eigentlich Bode kaufen? Und außerdem: Was war mit dem armen Mainling? Der hätte sich Berits Zuneigung eigentlich verdient. Sollte der sich jetzt ansehen müssen, wie er, Conrad, mit Berit herumturtelte? Oder sollte er ganz auf die pragmatische Tour setzen und sie einfach fragen, ob sie mit ihm hierbleiben wolle? Angetrunken genug war er dazu. Oder doch besser: Die ganze Gesellschaft zum Teufel wünschen, die Hände in Unschuld waschen und ins Bett gehen? Ja, dies war zweifellos das Vernünftigste. Aber andererseits – wie öde und gefühllos. Und während er unschlüssig ein paar Schritte mal in die eine Richtung machte, mal in die andere, fiepte leise und schon recht vertraut das Telefon in seiner Tasche. Den Bootssteg betretend fand er die richtige Taste und meldete sich. Am einen Ende erkannte er die Silhouette eines Liebespaares. Während er, parallel zum Ufer, auf das entgegengesetzte Ende zuging, hörte er Jules Stimme:

»Hallo Hans!«

»Hallo Jule! Wie geht's dir?«

»Danke, gut. Du wolltest dich melden, gestern. Als du nicht anriefst, habe ich es versucht, aber du bist nicht rangegangen. Ich habe mir ehrlich gesagt etwas Sorgen gemacht. Wegen … na, immerhin suchst du einen Mörder, da wüsste ich manchmal ganz gern, ob du noch am Leben bist.«

»Es tut mir leid. Ich verstehe das ja. Ja, ging wohl alles ein bisschen durcheinander gestern, ich wäre beinahe … äh, na also, deshalb konnte ich dich noch nicht …«

»Du wärst beinahe was?«

»Nichts. Ein Unfall. Ich habe mich ungeschickt angestellt und deshalb viel geschluckt. Hö, also Wasser geschluckt. Kein Problem.«

»Ich verstehe nicht …«

»Ich erzähl's dir später, also vielleicht besser morgen.«

»Hans? Hans, was tust du?«

41. Kapitel

Die Sonne stand bereits hoch über der Müritz. Mit dem üblichen schweren Seegang tuckerte das alte Wohnmobil herunter von dem vom lärmenden Wochenendbetrieb längst befreiten, fast verträumt daliegenden Platz. Mechanisch drehte Conrad am Senderknopf des altmodischen Radios herum, überlegend, ob wohl ein paar Tage Urlaub in einem ruhigen Hamburger Wohnviertel jetzt das Richtige wären. Und mit sicherem Gespür fanden seine Finger den alten J. R. Walker, der mit seinen All Stars wie gestört brüllte:

»It's Alright! It's Alright! Do What You Gotta Do!«

Er hatte drei Telefonate geführt, davon eines mit Berlin, in dem er das Ende der Ermittlungen im Mordfall Struve bekannt gegeben hatte. Im zweiten Gespräch, diesmal mit Neustrelitz, waren die beiden an den Ermittlungen beteiligten Kommissare schnell und vollständig übereingekommen, dass die der Täterschaft sowie der Beihilfe dringend verdächtigten Personen unverzüglich in Gewahrsam zu nehmen seien, es stünde zu erwarten, dass umfassende Geständnisse abgelegt würden. Man einigte sich ferner und ohne nähere Erörterung der Gründe darauf, den der Beihilfe zum Mord verdächtigten Studenten Mainling nach Möglichkeit nicht mit sämtlichen Anhaltspunkten zu belasten, die gegen ihn vorlagen. So erwies es sich als glücklich, dass von dessen falschem Geständnis bislang nur sehr wenige, Mainling überdies wohlgesonnene Personen wussten – wobei man es ja vorerst belassen könne. An seiner Mitwirkung beim Transport der Leiche Werner Struves allerdings gebe es nichts zu rütteln. Was Herrn Holm betreffe, lägen im Augenblick keine zwingenden Gründe vor, ihn wegen Mitwisserschaft zu belangen. Lediglich seine Aussagen seien zu protokollieren, zumal die ältere Frau Wilhelm ihm gegenüber ihre Tochter als Haupt- und sich selbst als Mittäterin bezeichnet habe. Die Belästigung, der Conrads Familie ausgesetzt gewesen war, sei irgendwann ausgeblieben und ein unmittelbarer Zusammenhang mit den Vorfällen im Fall Struve nicht plausibel herzustellen. Was Berit Wilhelm und ihre Mutter angehe, bestünde ein gewisser Klärungsbedarf bezüglich der wichtigen Frage, ob die Tat, wie es zunächst den Anschein hatte, vorsätzlich oder möglicherweise doch im Affekt ausgeführt worden sei, wofür sich bei näherer Betrachtung unter Umständen einige Anhaltspunkte ergeben könnten.

Der gestrige Abend fand in dem Gespräch keine Erwähnung.

Im Verlauf des letzten Telefonats, wiederum mit Berlin, hatte Conrad um eine längerfristige Beurlaubung gebeten, auf unbestimmte Zeit. Sein Gesuch war auf gewohnt harsche Weise abschlägig beschieden worden, nichtsdestotrotz hatte er eine vorläufige Dienstbefreiung mit den Worten »Ach, leck mich doch am

Arsch, Hauptmann!« schließlich doch zu erzwingen gewusst.

Und während er fuhr, in ungefähr nördliche Richtung an Kanälen entlang, über Brücken hinweg, um Seen herum, um ganz allmählich über dies verwirrende Gebiet hinauszukommen, breitete sich, ohne dass er hätte sagen können wie, ein Gefühl des Leichterwerdens in ihm aus.

Ein Anfang war gemacht.

Carsten Piper

TOD AN DER TRAVE

Taschenbuch, 192 Seiten
ISBN 978-3-937001-04-3
8,90 EURO

Hans Conrads Frau Jule fällt bei einem Winterspaziergang geradezu über die Leiche der Dom-Organistin der ehrwürdigen Hansestadt an der Trave. Conrad hat inzwischen seinen Job bei der Berliner Kriminalpolizei an den Nagel gehängt. Also ermittelt er auf eigene Rechnung. Und gerät unter anderem an eine eher unorthodoxe Religionsgemeinschaft mit sehr bizarren und freizügigen Riten.

Wolfgang Schüler

**SHERLOCK HOLMES
UND DAS
OSTSEEGOLD**

Taschenbuch, 272 Seiten
ISBN 978-3-95441-563-2
12,00 EURO

Das Geheimnis des Wikinger-Schatzes

Nicht einen Moment glaubt der berühmte Privatdetektiv Sherlock Holmes daran, dass es sich bei den irrlichternden Phantomen, die angeblich die Ostsee-Insel Hiddensee heimsuchen, um die Geister der Wikinger handelt, deren Goldschatz vierzig Jahre zuvor ebendort gefunden wurde. Dennoch nimmt er den Auftrag des Museums in Stralsund an, in dem der spektakuläre Goldfund verwahrt wird.

Der Museumsdirektor vermutet hinter dem Hiddenseer Mummenschanz Schatzgräber, die äußerst skrupellos vorgehen: Ein Inselbewohner ist mit gebrochenem Genick aufgefunden worden, ein zweiter hat den Verstand verloren und ist in die Stralsunder Irrenanstalt eingeliefert worden.

So nimmt Holmes also gemeinsam mit Dr. Watson die unbequeme Fahrt mit Postdampfer, Fähre und Pferdekarren auf die noch sehr unwirtliche Insel auf sich, um dort den angeblich übernatürlichen Erscheinungen auf den Grund zu gehen.

*»… eine vergnügliche, hochinteressante und vor allen Dingen
authentische Lektüre, von der man sich nur schwer losreißen kann.«
(LITERRA, Florian Hilleberg zu
»Sherlock Holmes und die letzte Fahrt der Lusitania«)*

KRIMINALROMAN

Ralf Kramp (Hg.)

DAS CAMPEN IST DES MÖRDERS LUST

Taschenbuch, 304 Seiten
ISBN 978-3-95441-519-9
13,00 EURO

Freiheit, Frischluft, Meuchelmord

Auf ins Urlaubsvergnügen! Mit Caravan, Wohnmobil oder Zelt geht es in die Ferne, weg vom Alltag und hinein ins Abenteuer! Doch wieviel Abenteuer kann man vertragen? Gehören Mord und Totschlag auch dazu?

Lauert nicht die Gefahr schon an der Raststätte? Wartet das Böse womöglich in der Campingplatzdusche oder am Lagerfeuer? Ist die Kleinfamilie im Nachbarcaravan womöglich die Spitze eines Mafia-Clans, die Oma im Einmannzelt eine rüstige Auftragskillerin, der nette Platzwart vielleicht sogar ein Serienmörder? Wenn sich die Campingplatzschranke schließt, gibt es kein Zurück mehr …

In den Geschichten von Tatjana Kruse, Klaus Stickelbroeck, Peter Godazgar, Carsten Sebastian Henn und vielen anderen Krimi-Spezialisten geht es jedenfalls mörderisch unterhaltsam zu.

»Wer auf skurrile und amüsante Krimi-Kurzstories steht, der ist mit dieser köstlichen Anthologie bestens bedient.« (mywoman.at zu »Aufgebockt und abgemurkst«)

»Ein tolles Buch und wunderbare Kurzkrimis für Camper. Die Geschichten sind wie mitten aus dem Leben…« (Fachbuchkritik.de zu »Chillen, killen, campen«)

KRIMINALGESCHICHTEN

KBV

Ulrike Bliefert

DER TOD DER SCHLANGENFRAU

Taschenbuch, 296 Seiten
ISBN 978-3-95441-542-7
13,00 EURO

Mörderjagd in der Kaiserzeit

Berlin 1896. Auguste Fuchs ist Mitinhaberin des väterlichen Fotoateliers in der Friedrichstraße. Die temperamentvolle junge Frau liebt ihren Beruf mit der ganzen Leidenschaft einer Zwanzigjährigen.

Als Samirah, die schöne Schlangenbeschwörerin aus dem »Wintergarten-Varieté«, während der Aufnahmen zu »Szenen aus einem ägyptischen Harem« unter ungeklärten Umständen ums Leben kommt, ist auf einer der Fotografien ein mysteriöser Gegenstand zu erkennen. Ist das womöglich die Mordwaffe? Doch die Tatortfotografie ist in Deutschland noch nicht als Beweismittel anerkannt, und der ermittelnde Kommissar schenkt Augustes Hinweis keinerlei Beachtung.

Unterstützt von ihrer jung verwitweten Tante - Lady Henrietta Droydon Jones - und dem Kriminalassistenten Jakob Wilhelmi versucht Auguste, Samirahs Mörder zu finden und gerät dabei tief in den Sumpf wilhelminischer Kolonialpolitik.

»Ulrike Bliefert lässt vor unseren Augen ein prachtvolles Kopfkino aus Kaisers Zeiten ablaufen. Sie entfaltet inmitten glänzend recherchierter Historie eine hochspannende Geschichte mit überraschend aktuellen Bezügen.« (Monika Salchert, Kölner Stadt-Anzeiger)

KRIMINALROMAN